新潮文庫

かなしい。

蓮見圭一著

新潮社版

8397

目次

かなしい。

かなしい。

1

一通の招待状が四年ぶりに僕を生まれ育った街へ連れ戻す――村上春樹にも似たような書き出しで始まる短編があるけれど、内容はまるで違うので、まあ、大目に見てやってください。

結婚式に出るのは嫌いなので、これまでは適当な用件をでっち上げてあらかた断わってきた。でも、結婚するのが岡田浩之君ではそうもいかない。

困ったな。

連載をしている雑誌に色々なことを書かなければならないし、そのための取材のスケジュールも詰まっているのに――というのは表向きのことで、実はけっこうヒマなんだ。先週の土曜日も、息子たちの幼稚園の運動会にほぼ全種目参加してしまった。何しろ運動会の実行委員なのでね。考えてみれば、たかが雑誌に記事を書くくらいで忙しいわけがない。

とはいえ、ヒマなやつだと思われるのは癪《しゃく》なので、しばらく日時をおいてから「ご出席」のところに印をつけ、さらにまた少し考えてから「ご」の字を「＝」で消し、インターネットで飛行機のシートを予約した。われながら段取りがいい。間の取り方も申し分なしだ。

飛行機で行くべきか車で行くべきか――これについてはずいぶん悩んだ。本当は買い換えたばかりのフォルクスワーゲンで行きたかったのだけれど、片道で五百キロも走るのは疲れるし、第一、ヒマなんじゃないかと疑われかねない。そんなわけで、車で行くのは羽田空港までにした。

東京を離れることが決まると、仕事にも精が出る。電話で何本か取材をしながら書き進めると、わけもなく二回分の原稿が仕上がってしまい、それを読んだ編集者は大喜びで伊豆《いず》半島へ出かけていった。かれこれ半世紀近くも生きているというのに、二十二歳になったばかりの経理部の子と下田のホテルに一泊するのだという。

それはいいとして、僕の方は岡田君の結婚式に出た後、四、五泊してもかまわないくらい、ヒマになった。

2

土曜日のせいか、機内はかなり混み合っていた。息苦しい上に全席禁煙だ。息苦しいからこその禁煙なのかもしれないけれど、息苦しいことは確かだ。仕方がないので、スチュワーデスがくれたキャンディーを齧《かじ》りながら岡田君から届いた招待状に目を通した。新婦は川田美佳さん、二十五歳。岡田君が勤めている菓子メーカーで社長秘書をしている人らしい。案内状の欄外に「北高卒、楢崎裕美子以来の美女」と書かれている。

北高か。

僕の妹も卒業したくらいだから大した高校であるはずはないのだけれど、それでも地元では色々な意味で尊ばれていた女子高だ。一九七八年の春、この女子高を卒業した楢崎裕美子はミス・ユニバースの日本大会に出場した。彼女は近所の駄菓子屋の一人娘だった。コーラを買うと、いつも十円のガムをサービスしてくれた。駄菓子屋にどうしてこんな綺麗《きれい》な人がいるんだろう？　子供心にも不思議に思いながら、僕は少し緊張してコーラを飲み、ガムを嚙《か》んだ。僕の郷里は美人が多いとされる土地柄なのだけれど、その中でも楢崎裕美子は別格だった。十九歳の彼女は美しかった。他の誰よりも美しかった。最終選考で萬田久子に敗れはしたものの、私見ではその年の日本で一番の美女であった。

郷土自慢、終わり。

〈披露宴では②と同じテーブルに就いてもらいます。②も再会を楽しみにしているので、ぜひとも旧交を温めてください（笑）〉

同封されていたメモにはそんなことが書かれていた。

②というのは近藤佐知彦のことだ。僕たちの中学で一番の悪ガキだった男だ。

近藤は愛川という男と仲がよく、その愛川と岡田君は三つの頃に保育園で顔を合わせて以来の間柄だった。とはいえ、愛川が披露宴に来ることはない。高校受験に失敗してガソリンスタンドで働いていた愛川は、僕たちが高校に進学した年の冬、死体で発見された。死因は一酸化炭素中毒。状況からして自殺としか考えられなかったけれど、警察は事故死として処理した。母親を慮《おもんぱか》ってのことらしかった。

愛川の家は母子家庭だった。夫を早くに亡《な》くし製紙工場で働いていた愛川の母親は、その夜、北陸へ研修旅行に出かけていて留守にしていたのだという。息子を一人にして旅行したのは初めてだったと、あとになって人伝《ひとづて》に聞いた。

アパートには鉛筆書きの遺書が残され、それにはなぜか通し番号が付されていた。母親が①で近藤が②、岡田君が③で僕は⑤だった。当然のように④は誰なのかという話になり、「数字が近い」という理由で近藤から調査を命じられ、冬休みの間中、岡田君と僕は同級生たちの家を訪ね歩くことになった。

「馬鹿《ばか》だな、お前ら。④は不吉な数字だから省いたんだよ。愛川はオレたちに強く生きろというメッセージを託して死んでいったんだ。どうしてそれを分かってやらない？」

ある同級生のそんな情緒的な言葉に納得して僕たちは調査を切り上げた。強く生きろというメッセージを託して自殺する――矛盾に満ちた行為という他ないけれど、記録的な寒波が押し寄せていた折でもあり、実のところ、この調査が少々鬱陶《うっとう》しく感じられもしていたところだった。

遺書を受け取ったのは斎場からの帰りだ。出口のところで愛川の叔父さんだという人に呼び止められ、開封済みの遺書を一通ずつ手渡された。帰りのバスが来るのを待っていた時、岡田君が受け取ったばかりの遺書を読み上げた。12月25日、夜中の3時ちょうど。いま、コタツに入って卒業アルバムを見ています――そこまで読んだところで岡田君はしくしくと泣いた。僕も泣いたし、近藤も泣いていた。

僕が受け取った遺書はごく短いものだった。

⑤ もう1回、中学に入りなおして、もう1回、おまえに会いたかった。おれは中2の時がいちばん楽しかった。さようなら。

愛川明夫

遺書を受け取ったりしたのはもちろん、身近な人間の死に直面したのも、この時が初めてだった。

3

地球は回っている。

飛行機の小窓から水平線を見下ろしている時、なぜかそう実感した。地球は回っている、と。でも、そう言ったばかりに殺されかけた人もいたんだっけ？　人類の進歩に寄与した人たちの功績に感謝することにしよう。そのせいで、こうして禁煙を強いられているわけだけれど、それも含めて感謝しなくては。

ともかくも、地球は回っている。いや、ただ単に飛行機が回っているだけなのかもしれない。旋回を始めた飛行機と一緒で、僕の考えもくるくると変わる。空港のレストランで飲みすぎたせいかもしれない。

強く生きろ、か。でも、それって具体的にどういう生き方を言うのだろう？　未《いま》だに全然分からない。本当に、もう一度、中学からやり直すべきなのかもしれない。でも、サインだとかコサインだとか、ああいうのはもうたくさんだ。あれは高校で習うんだったっけ？　それも含めてどうでもいいや。戻りたいような気もするけれど、学生は学生で辛《つら》いことも多い。いや、辛いことだらけだったような気がする。巻き舌の英語教師から名指しで「この先を読めますか」と言われ、「イエス」とか答えてつっかえてしまったり。思い返せば、毎日、恥をかいてばかりいた。

結論。やっぱり、いまの方がいい。こんなふうに適当に酔っ払って、飛行機の中で思いがけずR.E.M.なんか聴けるわけだから。

無事に着陸したのと同時に、電源を切り忘れていた携帯にメールが届いた。三週間前に知り合った女からだ。筆まめ（というのだろうか？）な女で、日に何度もメールを送ってよこす。〈おっはよー！〉〈昨日は楽しかった！〉〈じゃあ、7時にね！〉〈飛んでいきたい！〉〈待ってま～す！〉……どのメールにも雨だれ付きの、困ってしまうような件名がつけられていたけれど、今回はちょっとばかり違っていた。件名は〈さようなら。〉

〈あれからよく考えてみました。私なりに悩み抜いた末での結論です。あなたとお付き合いするのは今日でやめにします。これは最後通牒《つうちょう》です。辛いから、もう電話してこないで。　麻美〉

最後通牒か。今度は戦争勃発《ぼっぱつ》だ。二十一世紀の日本では、毎日、色々なことが起きる。でも、これはどこで起きた戦争なのだろう？　言葉の使い方も知らないような女に「好きだ」と言ってみたり、そんな女からいきなり最後通牒を突きつけられたり。これは一体どこで起きたことなのだろう？　やっぱり、昔の方がちょっとはよかったのかもしれない。

空っぽになった機内で呆然《ぼうぜん》としていると、再びR.E.M.が流れた。life sometimes it washes over me――マイケル・スタイプが歌っているように、人生は時々、僕なんかにはまるでおかまいなしだったりする。

4

空港から一時間ほどバスに揺られて実家に戻ると、母が玄関先で待っていた。八時前なのに父はもう寝ていた。ナイター中継が好きなので夏の間は九時半まで起きているそうだけれど、巨人のV消滅が決まった今は八時には寝てしまうらしい。まあ、こちらとしてはその方が有り難いくらいのものだけれども。

おばあちゃんの位牌《いはい》に両手を合わせてから、母親と二人でビールを飲んだ。仕事は順調なのかと訊《たず》ねる母に五万円を入れた封筒を渡し、運動会の日に撮影したビデオを一緒に観《み》た。居間の壁には水着姿の息子たちの写真が飾られていた。先月、まとめて送った写真の中の一枚だ。二人はこの夏、猛特訓して平泳ぎを覚えた。水の中の彼らは美しい。

「そういえば、昨日、吉中君に会ったよ。戻ったら電話がほしいと言っていた」と母が言った。

吉中君というのは旧藩主の末裔《まつえい》だと言われていた同級生で、実際に「殿」とあだ名されていた。本当に藩主の末裔なのかどうかは分からないし、いまさら分かったところで始まらない。長い間、父親が郷土資料館の館長をしていたのだから、多分そうなのだろう。吉中君は北海道の大学を出て、いまは県庁で働いている。考えてみれば、殿様の末裔が役人をしているというのも何だか変な感じではある。

電話をすると、吉中君は十分もしないうちに自転車に乗ってやってきた。この男もヒマらしい。他にすることもないので、ウイスキーを飲みながら中学の卒業アルバムを一緒に見た。三年一組から順番にページをめくり、何人もの同級生のことを話した。吉中君は三組で、僕は九組だ。アルバムのあちこちを指差しながら、彼は知っている限りの同級生の消息を教えてくれた。たまに見ると、卒業アルバムというのはけっこう面白い。何のつもりなのか、カメラの方を睨《にら》みつけている男子がクラスに必ず何人かいる。彼らは横並びになって腕組みをしたり、体育館や校庭の隅で車座になってしゃがみ込んでいたりする。馬鹿丸出しだ。こんなやつらの写真をいちいち撮る方もどうかしていると思うけれど、少なくとも普通の顔をして写っている生徒たちよりはずっと面白い。

ページをめくるペースがのろい割に、吉中君はウイスキーを飲むピッチが速い。五組、六組とページをめくり、ようやく最後の十組に辿《たど》り着いた頃には、すっかり酔って横になっていた。困ったことに、彼は体重が百キロくらいある。一キロ先に送り届けるのは大変そうだったので、奥さんに電話をして迎えに来てくれるようにと頼んだ。吉中君の奥さんは僕の妹の同級生だ。電話で奥さんと話している間中、無線の音が聞こえた。彼女は実家であるタクシー会社で働いていて、週末の配車で忙しいようだった。

吉中君の奥さんを待ちながら、一人で卒業アルバムを眺めた。十組のページの左上に、一人だけポツンと顔写真が掲載されている女の子がいる。上原加代子だ。彼女とは中二の時に同じクラスだった。その年の夏に沖縄から転校してきた子で、ほとんど誰とも口をきかず、学校も休みがちだった。噂《うわさ》では家の仕事を手伝わされているということだった。そのせいかどうか、教師に呼び出されて話し込んでいるのを何度か見かけた記憶がある。たまに教室に姿を現しても、気がつくといなくなっているということがよくあった。写真撮影の日も、家の仕事を手伝わされていたか、そうでなければ街中をふらついていたのだろう。

上原加代子の母親は、繁華街で『上原』という小料理屋をしていた。でも、小料理屋の看板は見せかけで、実際には店の二階で母親が売春をしているのだと愛川は話していた。近所に住んでいた愛川は、暇があれば『上原』の様子を観察していた。そして、訊《き》いてもいないのに色々なことを僕たちに報告した。上原加代子には義理の父親がいて、その男は母親よりもずっと若く、上半身に刺青《いれずみ》をしているのを見た、とも言っていた。本当かどうかは知る由《よし》もない。僕が憶《おぼ》えているのは沖縄出身のちょっと変わった子がいたということだけだ――とまあ、そういうことにしておこう。

「ああ、お加代か」

上原加代子の消息を訊ねると、吉中君は薄目を開けてそう言った。次の言葉を待ったけれど、もう答える気力は残っていないみたいだった。日付が変わるのを待って奥の部屋に布団《ふとん》を敷き、その晩は吉中君と横並びで寝た。なかなか寝つけなかったので、古いアルバムを探し出して夜中までそれを眺めた。結局、妹の同級生は現れず終《じ》まいだった。

5

遅れてホテルに現れた近藤を見て、全員が笑った。近藤は寸法の合わないモーニングを着ていた。身長が一九〇センチもあるから、特注でもしない限り身体《からだ》に合う服が手に入らないのだ。

「蓮華《れんげ》」と名づけられたテーブルには他に三人の同級生が就いていた。山田、松田、それに吉中君。山田は浪人時代に知り合った奥さんと離婚したばかりだと話し、松田は入院先の病院を抜け出してきたと言った。大酒飲みだった松田はなぜかウーロン茶を飲んでいた。事務職から営業に配転になり、ストレスから胃潰瘍《いかいよう》になったらしい。その横で旧藩主の末裔は相変わらず飲み続けている。中学を出てから全員が十五年分きっちりと年を取り、身体についた脂肪のことが話題になった。それから誕生日はいつかという話になった。次の誕生日が巡ってくると、僕たちは揃《そろ》って三十歳になるのだった。

「もう三十か。あっという間だよな」

近藤がそう言い、僕たちは無言で頷《うなず》いた。男の三十歳というのは、それはそれでちょっと切ない年齢だという気がした。

紋付を着た岡田君が入場すると、「蓮華」のテーブルから笑い声が上がった。他のテーブルは不気味なくらいシンと静まり返っている。招待客は百人くらいだろうか。新郎新婦が中央の壇に並ぶと、いっせいにフラッシュが焚《た》かれた。この時点で、新婦はすでに泣き腫《は》らしたような目をしていた。少し離れた席だったのでよく見えなかったけれど、入口で見かけた限りでは小柄で可愛《かわい》らしい感じの女性だった。

披露宴はつつがなく進行した。仲人《なこうど》や双方の両親の挨拶《あいさつ》があり、何度かのお色直しがあり、あのぞっとする『セイ・ユー、セイ・ミー』が流れる中、巨大なケーキにナイフが入れられた。それからまた何人かが話をしたり、歌を歌ったりした。

途中でピンク色のドレスを着た小太りの女性がマイクの前に立った。新婦の同級生だという。その女性は「栗島です」と名乗り、しばらくの間、マイクの前で俯《うつむ》いていた。最初のうちは誰も気にしていなかったけれど、マイクを通して彼女の嗚咽《おえつ》が響き渡ると、会場内に緊張が走った。やっとのことで彼女が話し始めたのは、それから一分近くもしてからだった。

「美佳、美佳とは、これまで、色々なことを話してきたね。悩みがあった時は……」

震え声でそこまで話すと、彼女は絶句した。新婦である美佳さんは、すでに滂沱《ぼうだ》の涙を流している。司会者が作り笑顔で間を持たせている間、栗島さんはピンク色のハンカチで洟《はな》をかみ、再びマイクの前に立った。出席者たちは心配顔でじっと話の続きを待っている。悩みがあった時はどうしたのだろう？　僕も何だかそれが気になってきた。

「美佳、悩みがあった時は、二人で遠くまで自転車漕《こ》ぎをしたね」

僕たちは笑いを噛《か》み殺すのに必死だった。他のテーブルの人たちが真顔で聞き入っているのを見てなおさらおかしくなり、全員で下を向いて笑った。

「やれやれ」

どうにか自転車漕ぎの話が終わると、近藤がそうつぶやいた。それを聞いて僕たちは声を上げて笑った。出席してみると披露宴というのは結構楽しい。

僕たちはワインを飲み、エスカルゴを食べ、その場にいない同級生たちのことを話題にした。こうした場によくある、あいつはいまどうしている、というやつだ。旧友たちの消息を楽しむつもりでいたのに、湿っぽい話が多かった。

酒屋の長男は最近になって店をコンビニに替え、羽振りの良かった印刷会社の息子は会社の金を使い込み、飲み屋の女と駆け落ちしていた。喧嘩《けんか》に巻き込まれて聴力を失《な》くしてしまった者、交通事故で脊椎《せきつい》を損傷し、半身不随になってしまった男もいた。未婚の母になって水商売を始めた女もいて、彼女の店が二次会の会場になっているらしかった。

途中で愛川の話になり、彼の母親の話になった。愛川の母親は定年まで製紙工場に勤め、いまはスーパーでパートをしているのだという。近藤はたまにそのスーパーへ買い物に行き、売り場で彼女と立ち話をすると言った。「最近、腰を痛めて辛そうにしている」と聞かされ、全員が何となく黙りがちになった。

十五年たって変わらないものは何もない。同級生の半数近くは地元を離れているようだったし、残っている者についてもあまりいい話はない。山田も松田も実にかったるそうに「居残り組」の消息について語った。生まれ育った街で三十回目の誕生日を迎えるというのは、多分、とてもかったるいことなのだろう。

「ああ、お加代か」

上原加代子の名前が出ると、松田が珍しく身を乗り出した。他の者たちは全員、彼の口許《くちもと》を見つめた。松田は子供の頃からひどく口数の少ない男だったけれど、口を開けば必ずそれなりのことを喋《しゃべ》ったからだ。ウーロン茶をお代わりすると、彼はこんなことを言った。

「あの女、新聞に広告を出したんだ。それは知っていたか?」

全員が首を振った。

「それが、迷い猫の広告なんだ。飼っていた猫がいなくなったらしい。広告には前脚を揃えた猫のイラストが描かれていた。小さいけれど、かなり目立つ広告だったな」

「どんな猫だった?」と僕は訊ねた。

「オスの三毛猫でフリッツという名前だ。頭文字のFをあしらった首輪をしていたらしい」

松田がその広告を見たのは春先のことで、連絡先は市の北端に位置するT……という町の小料理屋になっていたという。T……は市の中心部から車で二十分ほど走ったところにある港町だ。

「でも、おかしな広告だな」と吉中君が言った。「猫を探すなら、近所の電柱にビラでも貼《は》った方が早い。連れ去られでもしない限り、猫は遠くへ行ったりはしないものだよ」

「そうなんだ」と松田は言った。「それに、連れ去られるような猫にも見えなかった」

それから、松田は猫の話をした。家の前の道路が拡幅されてから何匹もの猫が轢死《れきし》した、という話だ。

松田によれば、猫は昔の道を記憶している。新しい道路が出来て、それまでの通り道が消えてなくなると猫はひどく戸惑う。猫だって、車が危険なことくらいは分かるから素早く横切ろうとする。それで運転手も避けきれずに轢《ひ》いてしまう。車道に飛び出して轢かれる猫が跡を絶たないのは、猫にとってはそこがかつての通り道だからだ。

「広告に出ていた住所からすると、お加代の店は夏祭りをする商店街の近くだ。あのへんは大型車が頻繁に港に出入りするから道路工事も多い。お加代の猫も、きっと轢き殺されたんだよ」

僕たちは黙ったままでしばらく飲み続けた。「蓮華」のテーブルには猫の習性に通じていそうな者はいなかったし、僕にしても松田の話をどう受け止めればいいのか、よく分からなかった。

「お加代か。あの女、いつもふらふらしていたけれど、でも、ちょっと可愛らしい顔をしていたのも事実だよな」

近藤がそう言い、全員が頷いた。

壇上ではエレクトーンに合わせて岡田君の同僚たちが社歌を歌っていた。社歌は五番まであって、毎朝、こうして歌うのだという。五番まで聴いて、つくづく思った。披露宴というのは、やっぱりくだらない。

6

二次会は中学校の近くのスナックで行われた。テナントビルに入っている店で、白い壁に色とりどりのステンドグラスがはめ込まれていて、なかなか感じがいい。店のママは中二の時に同じクラスだった子で、彼女はそのクラスの委員長だった。今晩は貸切りらしく、中央にある楕円形《だえんけい》の大きなテーブルには小中学校時代の同級生たちが勢揃いしていた。

　ここでも同級生たちの消息が語られた。結婚したり、離婚をしたり、子供ができたり、できなかったり、色々だ。欠席裁判が済むと携帯を鳴らし合い、その場で互いの番号を登録した。しばらくすると、店のママが近藤と僕の間に割り込んできた。細身の彼女はグレーのスーツがよく似合っていた。彼女を間に挟んで、脈絡のない、短い思い出話をいくつかした。会話が途切れたところで、「この店、悪くないだろう?」と近藤が言った。

「うん、すごくいい」と僕は答えた。

「俺が場所を見つけて、内装工事もしたんだ」

「気に入ったよ。明日にでもまた来る」

「ありがとう」ママはそう言って微笑《ほほえ》み、しばらく黙り込んだ。どうしたのかと訊《たず》ねても返事をしない。何だか変な感じだった。

「泣くなよ、委員長。今日は俺の結婚式なんだから」

　テーブルの向こうから岡田君が声をかけると、ママはぽろぽろと涙をこぼした。元クラス委員長がなぜ未婚の母になり、アンダルシア風(という説明があった)の店のママになったのか——それについては長い長い物語があるのだけれど、今回は脇《わき》に置いておこう。

十時頃、途中で姿が見えなくなっていた吉中君が店に戻ってきた。彼は両手に大きなビニール袋を持ち、小柄な女性を連れていた。雨が降っているらしく、その女性は入口で肩のあたりの雫《しずく》を払っていた。彼女はドアの前でこちらを向き頭を下げた。愛川の母親だった。スーパーでの仕事を終え、その足でやってきたのだという。僕たちは立ち上がって彼女を迎え、順番に握手をした。

愛川の母親は白い封筒を岡田君に手渡した。封筒には墨で「寸志」と書かれていた。挨拶が一巡した頃、吉中君がオレンジやマンゴーなどをテーブルに並べた。愛川の母親が勤務先のスーパーで買ってきてくれたのだという。女たちはその説明に歓声を上げ、フルーツを切り分けに厨房《ちゅうぼう》へ入っていった。テーブルに残った僕たちは岡田夫妻と愛川の母親を囲んで、この夜、何度目かになる乾杯をした。

「一緒に食べない?」

横に座った女がメロンを差し出して僕に言った。中学の頃から繁華街の喫茶店に出入りし、美術教師との仲が怪しいと噂されていた女だ。その教師が描く裸体画のモデルになっているらしいという話には、僕自身、かなり興奮させられた記憶がある。小学生の頃から大人びた印象のあった子で、中学に入って「コケティッシュ」という言葉の意味を知った時、真っ先に思い浮かべたのは彼女のことだった。その昔、ちょっぴりだけれど、彼女のことが好きだった。彼女の方もそうだった、と思う。といって何があったわけでもない。中学生くらいの男は週替わりで好きな女の子が変わるのだ。

僕たちはメロンを食べながら互いの近況を伝え合った。彼女は郊外にある病院で看護婦をしていると話し、もうじき三歳になるという娘の写真を見せた。

「これ、いいでしょ」

会話が途切れると、彼女はテーブルの上にエルメスのケリーバッグを置いた。

「どうしたの?」

「慰謝料で買ったのよ。結婚していたのは二年と十一ヵ月。娘のために、あと一ヵ月だけ我慢しようと思ったけれど出来なかった」

「それは知らなかった」

「先月離婚したばかりで、まだ誰にも話してないの。もう少し食べる?」

「うん」

「今晩、ここへ来ようかどうか、ずいぶん迷ったのよ」メロンを切り分けながら彼女は言った。

「どうして？」

「離婚してから、いくつも年をとったような気になっていたの。みんなに会うのが怖くて、朝からずっとどきどきしていたのよ。美容院に行ったりして、馬鹿《ばか》みたい。でも、来てよかった」

「道理でいい匂《にお》いがすると思った」

「いいのは匂いだけ？」

彼女はそう言って笑った。八月生まれの彼女は三十歳と一ヵ月——笑うたびに目尻《めじり》に小皺《こじわ》ができる。僕は眼鏡をかけて、三十歳になったばかりの女の表情を観察した。そして、上原加代子も確か同じ月の生まれだったはずだと考えていた。

7

何軒かハシゴして、家に戻った時には朝刊が届いていた。雨は夜半すぎに降りやんでいたが、いまにもまた降り出しそうな空模様だった。

母はもう起きて朝食の支度をしていた。僕は居間に寝転がって麦茶を飲み、新聞の見出しを眺めた。巨人はまた負けていた。いい気味だ。運動面を熟読していると携帯が光り、『美しく青きドナウ』が鳴り出した。息子たちからだ。

昨日、区のホールで「リズム発表会」というのがあったらしく、長男はその時に披露した踊りの話をした。『おはようクレヨン』という曲に合わせた踊りだ。次男はステージで披露したという歌を歌った。もう何度も聴かされた歌だ。「いい曲だね」と言うと、彼は夢中になって四番まで歌った。六時を過ぎたばかりだったけれど、彼らの一日はとっくに始まっていた。

やっとのことで電話を切ると父が居間に入ってきた。父は寡黙《かもく》な人間で、めったなことでは口を開かない。急な用事があっても、電話ではなくコンビニからファックスを送ってよこしたりする。ある時、母が数えたら一日にふた言しか喋らない日もあったそうだ。それでもこの際、何か言わなければと話題を探しているのが分かった。

「いつまでいるのか」と父は訊ねた。

「二、三日」と僕。

父は黙ったままで頷《うなず》き、午前中の会話はそれで終わった。

もう夕方になったのだろうか。目を覚ました時、一瞬、そう思ったくらいに窓の外が暗かった。午後の二時過ぎなのに、カーテンを開けると鉛色の雲が広がっていた。

　再び居間で父と顔を合わせ、一緒にワイドショーを観《み》た。どこかの殺人現場で、顔見知りの女レポーターが引きつった表情で立ちレポをしていた。彼女とは何度か飲んだことがある。元病院の事務員で、その前は女優志望、いまはただのアル中だ。番組が終わると、何もすることがなくなってしまい、父と交代で新聞を精読した。この間、僕たちはひと言も口をきいていない。困った母がビールを出してきた。僕は黙ったまま栓を抜き、父のグラスに注いだ。父はしきりにチャンネルを変え、煙草《たばこ》の煙で輪を作ったりしていた。僕もそうなら、父も父で少し困っているようだった。

「久しぶりだから飲みにでも行くか」

　新聞を丁寧に畳みながら父が言った。

「まだ時間が早いと思うけれど」

「探せば、どこか開いているだろう」

「それもそうだね」

「じゃあ、行こうか」

　父はガレージに回り、すぐにエンジンをかけた。アルコールで顔が少し上気しているように見えたので運転は僕がした。車は六年落ちのカリーナだ。父が定年退職した年に買ったはずなのに、まだ三万キロしか走っていない。退職してから、お父さんは朝早くに散歩して、夜はテレビで野球観戦をする以外はもう何もしようとしなくなった——四年前に会った時、母がそうこぼしていた。

カーラジオをつけ、大通りへ出て繁華街を目指した。最高気温29度、最低気温21度、湿度77％、明日は曇りのち所により雨——NHKのアナウンサーが言う通り、かなり蒸し暑い夕方だった。空は少し明るくなっていた。遠くで雨が降ったのか、バックミラーに虹《にじ》が映っていた。振り向くと、そのアーチ形の下に白い月がすっぽりと収まっていた。

通りの様子はずいぶん変わっていた。市の中心部を東西に貫く、この賑《にぎ》やかな通りが好きで子供の頃は意味もなく自転車で走り回ったものだ。でも、十五年前のことを思えば、いま走っているのはほとんど知らないと言っていい街だった。古くからあった料亭は姿を消し、愛川が働いていたガソリンスタンドも見当たらない。老舗《しにせ》の百貨店は中央資本のスーパー・チェーンに姿を変え、川沿いにあった小綺麗《こぎれい》な喫茶店はブティックになっていた。中学生の頃は、その喫茶店でクラスの女の子とコーヒーを飲むのが夢だった。何とまあ貧しく、ちっぽけで、切実な夢だったことか。

「行く当てはあるのか」と父が訊ねた。

ない、と言いかけて、「T……に一軒だけある」と僕は答えた。

「T……か。少し遠くないか」

「少し遠いけれど、ゆっくり走っていればちょうどいい時間に着くと思う」

「それもそうだな。急ぐ必要はない」

「それとも別の店にしようか」

「いや、その店でいい」

会話が途切れ、老人介護に関する番組が始まった。父はラジオを消し、カーステレオのスイッチを押した。テープレコーダーが回転する音が聞こえ、しばらくして聴き憶《おぼ》えのある古いポップスが流れてきた。

「これ、何という曲だったっけ？」と僕は訊ねた。

「『悲しき天使』だったかな」

「いい曲だ」

「気に入ったか？」

「少し気に入った」

「お前の母親が好きだったんだ」

「へえ、知らなかった」

帰宅ラッシュが始まったのか、途中から渋滞し始めた。父はテープを巻き戻し、もう一度同じ曲をかけた。こんな曲が聴けるなら、たまには渋滞も悪くない。そう思えるくらいにメロディアスで、物悲しい感じのする曲だった。

T……に着いたのは六時前だ。松田から聞いた場所を頼りに走ると、見憶えのある通りに出た。子供の頃、夏祭りのたびに来ていた商店街だ。ちっぽけな商店街は浴衣《ゆかた》や金魚、焼きソバや綿菓子などの記憶と結びついている。それから花火。埠頭《ふとう》の近くで打ち上げ花火を見上げているうちに、首が痛くなったのを憶えている。

この商店街の外れに大きな寺がある。僕は寺の駐車場に車を停め、住職を探した。住職は同級生の父親で、僕が通っていた高校のPTA会長をしていた人だ。元PTA会長は本堂脇の花壇の手入れをしていた。真っ黒に日焼けし、ロサンジェルス・ドジャースのTシャツを着ている。背番号は10。大手商社の駐在員をしている息子を訪ねて、先月、西海岸へ行ってきたのだという。土産話に少し付き合ってから、僕は住職に『上原』の場所を訊ねた。

「その店なら商店街から一本入ったところにあります。二十メートルほど行った先の裏手で、小さな公園の並びです」

「公園なんか、ありましたっけ」と僕は訊ねた。

「最近できたんですよ。普通の民家を改築したような店なので分かりにくいかもしれない。公園を目印に行ってください」

「その店、はやっていますか」

「さあ、行ったことがありませんのでね。でも、このへんにはやっている店なんてないから入れますよ」

途中で助手席から出てきた父を紹介した。二人ともなぜ紹介されるのか分からない様子だったけれど、そこは大人同士、「蒸し暑いですね」などと言って互いの煙草の先に火を点《つ》け合ったりしていた。麦茶を飲みながら、二人は景気や気候の話をした。ようやく陽が翳《かげ》ってきたものの、蒸し暑さは相変わらずで、じっとしているだけで背中から汗が吹き出てきた。


父と僕は店の方へ向かってぶらぶらと歩き出した。アーケードの商店街は、人っこ一人歩いていなかった。

「その店、食い物はあるのか」と父が訊ねた。

「小料理屋だから頼めば何か出すと思う」

「知らない店なのか」

「実は初めて行く」

「どうしてそんな店へ行く？」

「中学の同級生がやっている」

「女か」

「うん」

「まあ、男がやっている店よりはいいな」

「そう思うよ」

「いい女か」

「父さん」

「何だ？」

「今日はいっぱい喋《しゃべ》るね」

「悪いか」

「父さん」

「だから何だ？」

「誘っておいて悪いけれど、その店に入ったら黙って飲んでいてくれないか」

「何でだ？」

「今日は何となく静かに飲みたい」

「そうか。分かった、今日は静かに飲もう」

「でも、せっかくだから少し話そうか」

「そうするか」

夏祭りはとっくに終わっていたのに、アーケードには万国旗が飾られ、所どころから「納涼みなと祭り」と書かれた提灯《ちょうちん》がぶら下がっていた。

「子供の頃、夏になると、ここへ連れてきてもらったよね」と僕は言った。

「ああ。でも、こんなところにしか連れてきてやれなくて悪かったな」

「そんなことはないよ。夏にここへ来るのが楽しみだった」

「もう秋だけどな」

「うん。でも、まだ暑いよね」

「ああ、暑いし、さびれているな」

商店街は確かにさびれていた。点《つ》いたばかりの街灯は弱々しく、目にも悪そうだった。僕は父と一緒にアーケードの下を歩き、小さな郵便局を探した。『上原』は、そこを右折して少し行った公園の脇《わき》にあるはずだった。

8

初めて上原加代子と口をきいたのは中二の秋だった。彼女は運動会にも修学旅行にも参加しなかったけれど、二年の秋の遠足にだけは来ていた。帰りの集合時間に遅れてバスに駆け込むと、空いていたのは最前列の席だけで、その隣にお加代が座っていた。彼女は緊張しているようでもあり、少し怒っているようにも見えた。いつもそんなふうなのだ。沖縄のことを訊《たず》ねると、それでも小声でいくつかのことを話した。沖縄本島でも南の糸満の出身であるとか、ありふれているようでいて上原というのは沖縄にしかない名前なのだとか、そんな類《たぐい》の話だった。首のあたりで束ねた長い髪をいじりながら、上原加代子は俯《うつむ》き加減で話した。僕も何か訊《き》かれて話したけれど、何を話したのかはもう忘れてしまった。

次の日曜日、僕は繁華街の書店でお加代と再会した。再会というのもおかしな言い方だけれど、遠足のあと、彼女はまたしばらく学校を休んでいた。彼女は一階のレジの近くでファッション誌を立ち読みしていた。僕はお加代のそばへ行き、どうして休んでいるのかと訊ねた。彼女はその質問には答えなかったけれど、僕が雑誌のコーナーを離れると黙ってついてきた。おかしな感じだった。試しに二階へ行くと、そこへもやって来た。郷土史のコーナーへも、文庫本の棚の前にもついてきた。いつも一メートルくらいの距離を置き、本の背表紙を触ったり、適当にページを開いたりしていた。この不良女に惚《ほ》れられちゃったのかな。僕はどきどきしながら文庫本のページをめくった。僕が手にしていたのは『ガラスの動物園』だった。

「この本、読みやすそう。題名もきれい」

お加代は独り言のようにそうつぶやき、棚から薄っぺらな文庫本を抜き取った。文庫本を手にしながら僕たちはしばらく立ち話をした。お加代は僕を君づけで呼び、僕は彼女を「上原さん」と呼んだ。

「これ、かわいいでしょ」

彼女は長い髪を束ねていたピンを外した。ピンの先には小さな獅子《しし》の飾りがついていた。それをシーサーと呼ぶのだと初めて知った。「獅子さん」から転じた呼び名で、沖縄では魔除《まよ》けの一種と考えられているのだという。

「この本、気に入ったわ」とお加代は言った。彼女が手にしていたのは世阿弥《ぜあみ》の『花伝書』だった。

「面白そうな本なの？」

「知らない。けど、何となく気に入った」

お加代はショルダーバッグの中にヘアピンと『花伝書』を放り込み、「今度、うちに遊びに来ない？」と言った。僕は愛川から聞いていた刺青《いれずみ》男の話を思い出し、曖昧《あいまい》に頷《うなず》いて文庫本のコーナーを離れた。

書店を出てからも、お加代は僕のあとをついてきた。僕が立ち止まると、向こうも立ち止まった。少し足早に歩くと、彼女も同じようにした。僕はお堀の脇を通り、公園に続く坂道を登った。坂の上にあるベンチで話をしよう。そう思って振り返った時には、彼女の姿はもうなかった。

僕は来た道を引き返して書店へ戻った。すべてのフロアを見て回ったけれど、やはりお加代はいなかった。もう一度、文庫本のコーナーへ行った。『花伝書』は棚に戻されていた。それを見て何となくほっとしたのを憶えている。でも、思い直して買おうという気になった『ガラスの動物園』は棚から消えていた。

迷った末に、僕は『花伝書』を買った。十四歳の僕にとって、『花伝書』は退屈な本だった。何よりも難解だった。何しろ能について書かれた本なのだ。連立方程式の解き方に四苦八苦していた中学生向きではない。僕は『ロッキング・オン』を買えばよかったと後悔し、気まぐれにこんな本を手に取った上原加代子を恨んだ。

本棚の奥にしまい込んだまま、『花伝書』のことはそのまま忘れてしまっていた。大学に合格して上京することになり、本棚を整理していた時に久しぶりに見つけ、特に読むつもりもないまま、郵送用の段ボール箱に入れておいた。

実際に『花伝書』を読んだのは、それからさらに四年もたってからだ。卒業旅行で出かけたバンコックの安宿で、僕は初めてこの本を読んだ。読み始めてすぐに、これは僕のために書かれた本だと感じた。『花伝書』を読むと、時間は重要さを失う。いつまでもここに長居をしていたいと思うのだ。いまでも僕は、気に入った散歩道の同じ場所をぶらつくように『花伝書』を読む。

……得たる上手にて、工夫あらん為手《して》ならば、また、目利《めき》かずの眼にも面白しと見るやうに、能をすべし。この工夫と達者とを極めたらん為手をば、花を極めたるとや申すべき。

花を極める――六百年前の世阿弥の言葉は、その日以来、僕の中に棲《す》みつくようになった。

9

『上原』は、黒いペンキで塗られた木造の小さな店だった。カタカタと音を立てる換気扇の向こうから、オレンジ色のあったかそうな光が洩《も》れていた。二階は住居になっているらしく、常夜灯の点いた窓の内側に洗濯物がぶら下がっていた。一階の奥にも棟続きの平屋があり、風呂《ふろ》を沸かしているのか、小さな煙突から白い煙が立ち昇っているのが見えた。

「ここか」店の周囲を見回していると、父がそう言った。

「そうみたいだね」と僕は言った。

「静かそうな店だから、やっぱり今日は静かに飲むか」

「いいよ、普通に飲もう」

「分かった。じゃあ、普通に飲もう」

「父さん、先に入って飲んでいてよ」

「どうしてだ？」

「煙草《たばこ》を買ってくる」

「中で買えばいいだろう」

「売っていないかもしれないし、父さんの分も買ってくるよ」

「分かった。買ってこい」

父は店に入り、僕は商店街に戻った。自販機で煙草を買ってから店の前に戻り、もう一度、周囲を観察した。『沖縄小料理　上原』と書かれた赤い暖簾《のれん》でもなければ普通の民家と見分けがつかない。入口の前に鉢植えが置かれ、その横に補助輪付きの三輪車があった。それを見た時、初めてお加代は結婚しているのかもしれないと思った。勿論《もちろん》、結婚していてもおかしくない年ではあったけれど、どうしてなのか、僕はお加代が結婚しているとは考えもしなかった。

しばらくすると黒く塗られたドアがほんの少し開けられ、隙間《すきま》から顔を出した父と目が合った。

「煙草は買えたか」と父は言った。

「うん、買ってきた」

「じゃあ、入れ。静かに飲もう」

そう言って父がドアを全開にすると、すぐ横に三十歳になった上原加代子が立っていた。

「あれがうちのせがれです。憶《おぼ》えていますか？」

お加代は父の言葉に頷き、いらっしゃい、と言った。

10

季節が変わった――目を覚まして、ふいにそう感じる日がある。例えば、この日がそうだった。ほんの少しだけ開けられていたサッシの隙間から、ピューッという甲高い音が何度も聞こえた。秋になったのだ。

僕は枕元《まくらもと》に置かれていたポットの水を飲み、柱時計を見た。七時前だったけれど、父の布団《ふとん》はもう片づけられていた。僕は飲みすぎた上にひどい寝不足だった。

「目が覚めた？」

隣接する居間から、お加代の母親が声をかけてきた。彼女は籐椅子《とういす》に腰かけて、こちらに背を向けてテレビを観《み》ていた。膠原病《こうげんびょう》を患《わずら》っていて、あまり動き回ることができないのだ。

「はい。おはようございます」

「おはよう。今日は何だか肌寒いわね。お茶、飲む？」

「いえ、結構です。うちの父は？」

「さっき、娘と一緒に散歩に出かけたわ。港の方に行くと言っていた」

「そうですか。色々と迷惑をかけて済みませんでした」

「そんなことは気にしないで。それより顔でも洗ってきたら？」

僕は小用を足し、顔を洗った。鼻の奥が少しむず痒《がゆ》い気がした。風邪をひいたのかもしれない。顔を洗っている間にも、お加代の母親は色々と話しかけてきた。膠原病には種類がいくつもあって、彼女が患っているのは「全身性エリテマトーデス」という病気らしかった。お加代の母親は何度も「エリテマトーデス」と繰り返した。そして、病気は嫌だけれど、この病名は何となく気に入っているのだと言って笑った。いまは一時的に退院していて、来週からまたしばらく入院するのだという。

「いなくなった猫は見つかりましたか」

病気の話が一段落したところで僕はそう訊ねた。返事はなかった。居間を覗《のぞ》くと、お加代の母親は椅子の上で寝息を立てていた。僕は足下に落ちたタオルケットを拾い、彼女の膝《ひざ》にかけた。何種類も服《の》んでいる薬の副作用から、彼女はこうして日に何度も眠り込むのだ。

僕はテレビを消し、布団を片づけ、枕元に置かれていたポットと灰皿を台所へ運んだ。台所の端に洗濯物を入れる籠《かご》があった。僕は籠の一番上にあった白いエプロンを拾い上げた。昨晩、お加代がしていたエプロンだ。気のせいか、エプロンはまだあったかいように感じた。鼻先を近づけると、お加代の匂《にお》いがした。前夜の十時頃、父が酔って寝入ると彼女はすぐに店を閉めた。それから僕はお加代と二人きりで飲み、明け方近くまで何度も彼女の匂いを嗅《か》いだ。

お加代は、僕の記憶の中にいたお加代とはかなり違っていた。銀縁の眼鏡をかけ、頰と顎《あご》がふっくらとし、全体にひと回り大きくなったような印象だった。本人にもその自覚はあるらしく、「私も自転車漕《こ》ぎをしなくちゃ」と言って笑った。その笑い声も、十四歳の時に聞いたものとはずいぶん違っていたような気がする。でもまあ、そんなのは当たり前のことだし、彼女の名誉のためにもこれだけは言っておきたい。多少ふっくらとはしていたけれど、三十歳になったお加代は相変わらず可愛《かわい》らしかった。

商店街を抜けたところで携帯が鳴った。

「おはよう」と母は言った。

「おはよう。電話もかけずにごめん」

「楽しんだのね」

母は咎《とが》め立てするようなことは何も言わず、「お昼は何にする？」とだけ訊いた。僕は「うどんがいい」と答え、昼前には帰ると言った。

陽は射《さ》していたものの、港に吹いていたのは秋の風だった。その風に運ばれてきた波が岸壁に当たり、大きな音を立てていた。港には側面にロシア語が書かれた貨物船が係留され、古タイヤが積み上げられていた。そのすぐ横で朽ち果てたような蒸気船が波に揺られ、それこそプカプカという音を立てていた。父の姿はなく、お加代の姿も見当たらない。僕は自販機で買ったお茶を飲み、最後の一本になった煙草に火をつけた。

しばらくすると白いカリーナが近づいてきてパッシングをした。お加代が運転し、父は助手席に座っていた。

「免許を取ることにしたわ」

お加代は窓を開けてそう叫び、カリーナはそのまま国道へ出て郊外の方へ走り去っていった。免許を持っていない割に運転はスムーズだった。僕はお加代の携帯を鳴らし、煙草を買ってきてくれと頼んだ。そして、今夜、また会おうと言った。

「OKよ。東京へ戻るまでに、たくさんお話しましょう」

「うん、そうしよう。運転に気をつけて」

「大丈夫。お父さんが一緒だから」

僕は古タイヤにもたれて携帯に届いたメールをチェックした。仕事がらみが三件に妻から一件、吉中君からもメールが届いていた。彼は同級会の幹事になったらしい。〈お加代に会った。店の番号と携帯のアドレスを送るから同級会のリストに加えておいて〉

返信メールを入力しながら、明け方にお加代から聞いた話を思い出した。愛川が死んだ日、自宅の郵便受に宛名《あてな》の書かれていない手紙が入っていた、という話だ。差出人名もなかったけれど、封筒の裏に「２４１」と書かれているのを見て、すぐに愛川だと分かったという。二年四組、出席番号一番、彼しかいないでしょ——なるほど、その通りだった。

「かまわなければ、その手紙を見せてくれないか」と僕は彼女に頼んだ。「もちろん、まだ持っていたらの話だけれど」

「持っているわよ。見せるのはかまわないけれど、でも笑ったりしちゃだめよ」

「どうして俺が笑うなんて思う?」

「その手紙ね、漢字がたった一つしか使われていなかったの」

「漢字なんか一つで十分だよ」

「そうよね。それで十分よね」

お加代は二階へ上がり、すぐに封書を持って戻ってきた。薄いグレーの便箋《びんせん》には青いボールペンでこう書かれていた。

④ おきなわでは、「かわいい」というのを何ていうのですか? できればおしえてほしかったです。さようなら。

愛川のアパートは繁華街の川べりに建っていた。その部屋の窓から見た川の流れや街灯、『上原』の看板、卒業式が終わって空っぽになった教室や廊下……筆圧の高い文字を眺めているうち、一どきに色々なことが思い出され、僕はしばらく口がきけなかった。

「沖縄では可愛いというのを何て言うの?」

明け方の四時頃に、僕はお加代にそう訊《たず》ねた。

「知らない。一度も言われたことがないから」

「じゃあ、俺が言うから教えて」
「だったら、母に訊《き》いておく」
それからしばらくして、僕は父の隣に敷かれた布団に入った。父のいびきがうるさくてなかなか寝つけず、ティッシュペーパーを耳に詰め、愛川が書いた文字を何度も見た。お加代も寝つけずにいるらしく、時折、真上の部屋で床がきしむ音がした。愛川の手紙と二階の物音に胸を掻《か》きむしられて、とても眠れそうになかった。窓の外ではもう雀《すずめ》が鳴いていた。うつ伏せになって煙草に火をつけた時、携帯にメールが届いていることに気がついた。メールの件名は〈かなしぃ。〉
〈私が小学校に上がった年に亡《な》くなった祖母は、「かなしゃ」と発音していた。顔を合わせるたびに、祖母は「かなしゃ、かなしゃ」と言ってくれた。いまではお年寄りしか使わなくなっているようですが、私はこの言葉がとても好きでした〉

11

二日後の夕方、両親に見送られ、県庁前から空港行きのリムジンバスに乗った。市街地を離れてしばらく走ると霧が出てきた。霧は次第に濃くなってゆき、山道に入るとバスは二十キロくらいにスピードを落とした。五メートル先も見えないほどの濃霧で、窓の外は真っ暗だった。結局、バスは四十分も遅れて空港に着いた。僕が乗る予定の飛行機は空港の上空を旋回していて、まだ着陸してもいなかった。

僕は空港のレストランに入り、ウイスキーを頼んだ。雑誌の編集者から何度か着信があったけれど放っておいた。どうせまた誰かの悪口を都合よくまとめろとか、その手の仕事だろう。

お加代に電話したものの、彼女の携帯は留守電になっていた。まだ寝ているのかもしれない。無理もない、一睡もしないまま昼過ぎまで一緒にいたのだ。僕はレストランから彼女に短いメールを送った。楽しかった分だけ、いまは何だか哀《かな》しい、と。それからウイスキーをお代わりし、ワインを注文した。ワインのボトルを半分ほど空けた時、お加代からメールが届いた。

〈あのあと、近藤君が電話をかけてきた。今晩、何人か連れて行くから店を開けておけって。結構、大勢で来るみたい。近藤君、暗くなったら花火をすると言っていた。友だちの花火師を連れてきて、港で4寸玉を打ち上げるんですって。一緒に見たかったわね。

気をつけて帰って。あなたを応援しているわ。私だけでなく、近藤君や他の人たちもみんながそうだということを忘れないで。
さようなら。今夜はあなたのことを思って花火を見るわ〉

＊

世界は優しい。

飛行機が大きく旋回して高度を下げ、羽田の滑走路のランプが遠くに見えた時、ぐるぐると回る意識の中でそう思った。世界は優しい、と。そんなふうに感じたのは初めてだった。時計を見ると八時を少し回っていた。僕はお加代や愛川やその他の同級生たち一人ひとりの顔を思い浮かべ、港の天気はどうなのだろうかと考えた。

詩人の恋

十二月中旬の午後、僕は横浜駅前のベイシェラトンまでかなり長い散歩をした。少し前に雑誌に掲載した小説が単行本になることが決まり、その打ち合わせにやってきた編集者と会うためだ。

僕はフロントの前に立っている編集者に声をかけ、二階のラウンジへ誘う。ラウンジはかなり込み合っている。僕たちはメニューを眺め、空模様や気温についてコメントし合う。外は寒いけれど、このホテルはかなり暖房が効いているとか、どうでもいいような話だ。それから編集者は徐々に本題に入る。といっても確認程度のことで大した話ではない。タイトルはこのままで、表紙の絵のサンプルは早目に送ってほしい——僕からの要求はそれだけだ。

編集者はすんなり同意し、ビールにしませんか、と言う。僕に異存はない。彼はビールを注文し、ラウンジ全体を見回す。そして、このホテルはやけに賑《にぎ》やかですね、と言う。僕は頷《うなず》き、駅前ですからね、と応じる。僕たちはグラスビールで乾杯し、今後の予定について話し合う。

数日後、単行本用のゲラが上がったという報《しら》せが届く。この手の報せには決まって褒め言葉が添えられている。

〈いましがた初校ゲラを再読し終えたところです。いま、少し興奮しています。これは傑作です。これほど読み手を引きずり込む作品は、他にはちょっと思い当たりません。数種類届いた装画のサンプルも実にいい感じです。

ゲラは十五時にお手元に届くように手配致しました。よろしくお願い致します。

日野拝〉

勝利の日は近い。そんな気がする。僕は編集者が送ってよこしたメールの文面に満足し、冷蔵庫から冷えたギネスを取り出す。昼の十二時を回ったばかりだが、そんなことは知ったことではない。すぐにギネスを飲み干し、発売日に買っておいたボジョレー・ヌーボーの栓を抜く。こんなことだったらシャンパンにでもしておけばよかったと思いながら。

傑作か。まあ、あそこまで努力を払ったのだから当然だろう。そう思う一方で、編集者が小説の内容に一切触れていないことが少し気になり出す。傑作、読者を引き込む——書かれているのはそれだけだ。これは単なる社交辞令なのか？　メールを読み返し、最初のグラスを空けたところで、そんな思いが頭をよぎる。そもそも僕は、この日野という編集者のことをよく知らない。大部分の作業は雑誌の編集者である篠原と一緒にしたのだ。日野はあとからやってきて、にこにこしながら名刺を差し出し、小一時間ほど篠原の横で頷いていたに過ぎない。

こいつは嘘《うそ》つきなのかもしれない。

そんな疑いが兆《きざ》したところへ篠原から電話が入る。たったいま、日野からゲラを受け取ったところです、と彼は言う。内容から文字の組み方に至るまで、彼の意見は細部に及ぶ。日野よりもはるかに作品への理解が行き届いている。当然だろう、僕たちは一年近くも一緒に仕事をし、苦しい時期をともにくぐり抜けてきた間柄なのだから。ひょっとしたら、戦友というのはこうした関係を言うのかもしれない。篠原と話していると、そんなことまで思ってしまう。とはいえ、結論は日野と変わらない。

「うまいこと、ニゴロにまとめましたね」

篠原はそう言って笑い、僕も一緒に笑う。これにはちょっと解説が要る。ほとんどの本は（例外があるのかどうかは知らない）、三十二ページ分を一束にしたものを組み合わせて作る。だから、三十二の倍数で収まればコストも安くつく。その中でも二五六ページというのが分量的にも、コストの面からも最適とされている。割高感のある本を買いたいと思う読者はいない。そこで、僕としても三十二の倍数にこだわることになる。悪くても十六か、せめて八の倍数で収めたいと思う。そのために苦労して五ページ分もカットしたのだ。

ゲラは計算通りニゴロに収まっているらしい。また一歩、勝利の日に近づいたという気分になり、ワイングラスを揺らしながら、本が出たら二人で飲みましょう、と言ってみる。どこにしましょうかね、と篠原は答える。彼はいつもそんなふうに答える。いつにしましょうか、ではなく、どこにしましょうか、と。それを聞いて、僕はあらためてこの男のことが好きになる。人を誘った時に聞きたいと思うのはこういう言葉なのだ。

ところで、と僕は訊《たず》ねる。日野さんというのはどんな編集者なのですか、と。篠原は一つ咳払《せきばら》いをする。何か重々しい事実を告げる前の人のように。

「お世辞でも何でもなく、うちの文芸担当のナンバーワンです。そう思ったから、僕が直接日野を指名したんですよ」

篠原はそう言い、実は高校の後輩でもありましてね、と付け加える。篠原は開成高校のOBだ。ということは、日野もやはり東大文学部の出身なのだろうか。

何だか文部科学省のお墨付きまで得たような気分になり、僕はまたワイングラスを傾ける。ボトルはもう半分以上なくなっている。今年のボジョレー・ヌーボーは、まずまずといったところだろうか。

電話を切るのと同時に、インタフォンが鳴らされる。具合が悪いことに、まだパジャマ姿のままだ。それでもゲラかもしれないと思い、勝利の美酒の味を高めるためにアイホールを覗《のぞ》く。しかし、玄関先に立っているのは作業服を着た男だ。男はマンションの水質のチェックをしたいと言う。ついてはコップ一杯分の水がほしい、と。

およびじゃないとはこのことだが、僕は黙ってコップ一杯分の水を彼に差し出す。男はその水を二種類の試験管に入れて目を凝らす。新手の詐欺《さぎ》かもしれない。そう思い、どうかしたのですか、と僕は訊ねる。

「配水管の掃除をする前に水質をチェックしておきたいと思いまして。まあ、儀式みたいなもので、すぐに済みます」

試験管を左右に揺らしながら、男は僕にビラを手渡す。それには明日の午後一時から四時まで断水すると書かれている。しかも二日も続けてだ。空になったコップを受け取り、僕は少し憂鬱《ゆううつ》な気分になる。

部屋に戻り、ワインのボトルを空にした頃には、しかしそんなことも忘れてベートーヴェンのピアノ・ソナタに聴き入る。今日の一曲目はグレン・グールドが弾く第八番だ。アンプはＬＵＸのＫＭＱ７。一九六六年に製造された骨董品《こっとうひん》で、ほぼ一年前に出版した本の戦利品だ。売り上げの面では大勝利とまではいかなかったけれど、あれはあれで満足すべき出来だった。それどころか、あれは一つの奇跡だったとさえ思う。誤植が一個あったのはご愛嬌《あいきょう》だけれど、いま読み返しても書き直すべきところは一つもない。思うに、世間は奇跡に慣れていないのだ。

僕はカーテンを引き、部屋を暗くする。そうすれば管球式のアンプの球が光るのがよく分かるからだ。僕は煙草《たばこ》に火をつけ、ＬＵＸのアンプを見つめる。オレンジ色の儚《はかな》い光が何とも言えない。見た目ばかりではなく、アルテックのスピーカーとの相性も悪くない。グレン・グールドもこれなら文句を言わないだろう。

ベートーヴェンを聴きながら、僕は今朝方まで書いていた小説を読み返す。書き出しは悪くないし、無駄もなくテンポもいい。来年はこの小説に懸けよう。そう心に決め、アンプのボリュームを上げたところで、ランドセルを背負《しょ》った子供たちが帰ってきて音楽鑑賞は中止になる。

僕はリヴィングへ行き、彼らにおやつを出す。長男はポッキーを齧《かじ》り、ゲームを始める。次男は少し不安そうな目で、「すぐる君を呼んでもいい?」と訊《き》く。「ああ、もちろん」と答えながら、すぐる君て、どこの子だったっけと僕は考える。次男はメモも見ずに番号をプッシュする。すぐる君も待ちかまえていたらしく、ワンコールもしないうちに電話に出る。「早く来てね。待っているから」。次男がそう告げ、七歳の子同士の会話は五秒で終わる。

しかし、すぐる君はすぐには来ない。十分もすると、次男はそわそわし始める。十五分ほどたったところで、「迎えに行く」と言って彼は部屋を出て行く。

「あいつは、すぐるのことが好きで好きでたまらないんだよ」

コントローラーを握ったまま、長男がそう解説する。すぐる君というのは、斜め向かいの警察公舎の子らしい。

僕はベランダに出て次男の様子を観察する。彼はマンションの駐車場から公舎の方を見上げている。すぐる君は上の階に住んでいるようだ。次男はセーターを一枚着ただけで、少し寒そうにしている。僕はジャンパーを持って駐車場へ行き、一緒にすぐる君を待つことにする。その間、小学校のことをいくつか訊ねる。日曜日に「東《あずま》っ子スタディ」というのがあるらしい。学芸会のようなもので、すぐる君と一緒に作った箱庭を展示するのだという。おとうさんも見に来てね。次男は僕を見上げながらそう言う。頷きながら、僕はちょっぴり泣きたいような気分になる。この子は友人を見つけたのだ。それはとても貴重なことだ。そう思ったけれど、どうしてなのかそれを彼にうまく伝えられない。ワインを飲みすぎたせいだろうか。

やがて、すぐる君らしき子が公舎から出てくる。一年生にしては大柄で、優しそうな目をしている。次男は手を振って彼のところへ駆け寄る。そして、少し息を弾ませながら言う。「もう来るかなと思って、ここで待っていたの」。すぐる君は「ごめん、ピアノの練習をしていた」と答える。次男は頷き、すぐる君は微笑《ほほえ》む。それから二人は肩を寄せて一緒に歩き出す。子供たちの友情はどこか切ない。待ったり、待たせたり。謝ったり、許したり。どことなく大人の恋愛に通じるところがある。いや、むしろ恋愛をしている大人が子供たちに似るのかもしれない。

僕は煙草を買ってから部屋に戻り、子供たちと一緒にゲームをする。三回に一回は負けてやろう。そう思って始めたのに、まともにやっても負けてしまう。すぐる君は中学生の兄から裏技を教わっていたのだ。僕もいくつか裏技を教えてもらい、しばらくゲームに熱中する。そこへ妻が友人を連れて戻って来る。電通の部長の後妻で、子供たちを私立の小学校へ入れ、本人もＥクラスのベンツになんか乗っている。女たちはノートパソコンを使って何かのチケットを予約し、コミュニティスクールのスタッフの悪口を言い合う。主婦を相手に、彼女たちはそこで英会話を教えているのだ。断水のビラを見せても、妻は頷くだけで何も言わない。かなり、冷たい感じ。しかも、その原因は僕にあるといった雰囲気が何となくリヴィングに漂う。

三時ちょうどにゲラが届き、直後に携帯が鳴る。日野からだ。バイク便の業者に時間を指定したのだという。

「えらく賑やかですね」と彼は言う。

「いつものことです」と僕は答える。

「ゲラの戻しは五日後ということでお願いしたいのですが、それで大丈夫でしょうか」

「まあ、何とか」

僕たちはここ数日の冷え込みに関する話をし、暮れの予定を訊ね合う。日野は奥さんの実家がある広島で紅白歌合戦を観《み》ることになりそうだと笑う。僕の方は何も決めていないことに気づき、どこか行く当てを考えなければという気になる。会話が途切れ、僕たちは少しの間黙る。この時、日野が唐突に言う。

「僕は白金台に住んでいるんですよ」

そうですか、と僕は答える。不思議なことを言う男だと思いながら、いいところにお住まいですね、と。他に答えようがない。僕は無言で次の言葉を待つ。

「白金台はとても静かです」と日野は言う。

「そうでしょうね」と答え、僕はこの男の瘦《や》せた顔を思い浮かべる。日野は三十代の半ばで、小津安二郎の映画に出てくる俳優にちょっと似ている。中井貴一の父親だが、どういうわけか名前を思い出せない。

「すみません」と彼は言う。「話し声がよく聞き取れないのですが」

「ああ、そうでしたか。静かな部屋へ移動します」

僕は携帯を耳に当てたまま仕事場へ行き、ドアを閉める。日野は落ち着いた声で続ける。

「僕の部屋の近くに都ホテルがあります。地下にあるバーは先月リニュアルされたばかりで、とても雰囲気がいいんですよ。散歩がてらに、たまに妻と飲みに行くんです」

それから日野は都ホテルの話をする。スタッフはみな感じがいいし、サービスも行き届いています。バーもいいのですが、一階のラウンジから見える中庭がとてもきれいなんです。夕方、ラウンジから庭を眺めてビールを飲んでいると、しみじみとした気分になります。しみじみと、生きているのっていいなあ、と——まるでメモでも読み上げているみたいに言葉がすらすらと出てくる。とはいえ、相変わらず彼が何を言おうとしているのか分からないし、俳優の名前も思い出せない。

「都ホテルのバーはいいですよ。今夜あたり、一緒にいかがですか」

それを聞いて、僕はつい笑ってしまう。五日後にゲラを戻せと言いながら、この男は僕をバーへ誘っているのだ。どうしてなのか、日野も一緒になって笑っている。こいつは別の出版社の回し者かもしれない。そんなことを想像して僕はもう一度笑う。この時、長男が部屋へ飛び込んでくる。ゲームで高得点を出したらしく、ひどく興奮している。僕は長男に頷きかけながら答える。

「行きたいのはやまやまですが、その前にゲラの処理をしないと。僕はこの小説をぎりぎりまでブラッシュアップしたいんです」

「だからこそ、ですよ」と日野は言う。むしろ、当惑したような口ぶりだ。高校の後輩とはいえ、篠原はどうしてこんな男を指名したのだろうか。

「だからこそ、ホテルのバーで飲むわけですか」と僕は訊ねる。

「差し支えなければ都ホテルに部屋を取ります」

「部屋を？」

「静かな環境で集中していただき、この小説を最高のものに仕上げていただきたいのです。そして、お休みになる前に、少しだけあのバーで飲む。僕は歩いて五分ほどのところに住んでいますから、お電話をいただければいつでもお相手をしに上がりますし、ゲラのお手伝いもさせていただきます」

「ああ、なるほど」

「いま、都ホテルのホームページにアクセスしました。差し支えなければ、中庭の見えるコーナールームを予約します」

中庭の見えるコーナールーム――世の中には断わりきれないオファーというものがある。日野はそれを提示しているのだ。とはいえ、僕は少しだけ考える。どう切り出してこれを妻に納得させようか、と。そして、もう一度日野の顔を思い浮かべ、この男のロジックならぬマジックにひっかかったという気になる。それにしても悪くないマジックだ。

「やはり、お忙しいですか」と日野は訊ねる。

「いいえ」と僕は答える。「ゲラが出ることは分かっていましたから。それより経費がかさむでしょう」

「僕は、同僚からもっと経費を使えとせっつかれているんです。そうしないと部内のバランスが取れないみたいなんです」

「そうなんですか」

「経費のことなど気になさらないでください。都ホテルはとても静かです」

僕はいったん電話を切り、リヴィングへ戻って妻に事情を話す。白金台のホテルと聞いて、あら素敵、と妻の友人が先に反応する。いわゆるカンヅメというやつよね、と。しかし、妻は考え深そうな目で僕を見る。そして、ゲラのチェックのためだけにホテルに泊まるなんて聞いたことがない、と不審そうな声を出す。無理もない、僕も聞いたことがないのだから。

「でも、佐田啓二がそうしろと言うんだよ」

どうしてなのか、この時、僕は不意に俳優の名前を思い出す。そして、少しばかり日野に関する説明をする。日野というのは白金台に住んでいる新しい担当編集者で、開成高校の出身だから恐らく東大出で、俳優の佐田啓二みたいな顔をしているのだ、と。妻は黙ったままで僕の話を聞く。全くの無表情だ。一方、開成、東大、佐田啓二と聞くたびに、電通の部長の後妻はいちいち「素敵」と合いの手を入れる。この二人がどうして友人同士でいられるのか、僕にはまるで分からない。

僕は敢《あ》えてリヴィングから日野に電話をする。そして、明日から断水になるので出来たら二、三泊したいと伝える。チェックインは十三時からです、と日野は言う。僕は礼を言い、この申し出を公式のものにするべく、妻を紹介しますと告げる。ちょうどその時、インタフォンが鳴らされ、妻はリヴィングを出て行く。日野と妻とはそういう巡り合わせなのだと思い、僕は電通の部長の後妻に受話器を渡す。

「それじゃあ、私もそのバーにお邪魔してもよろしいかしら。白金台にはお友だちもいるし、都ホテルは大好きなホテルなんです」

彼女は僕の妻の役割を演じ、日野を相手に勝手なことを言う。嬌声から察するに、日野は快諾したらしい。

「日野さんて素敵な方ですね」電話を切ると、彼女はそう言う。

「そうかもしれません」と僕は答える。

「最上階のコーナールームなんて、いいですね」

「最上階なのですか」

「そうおっしゃっていました」

ひょっとしたら、日野はスイートルームを予約したのかもしれない。僕は急に重圧めいたものを感じ、少し階を下げさせようという気になる。

「前からお願いしようと思っていたんですけれど」と電通の部長の後妻が言う。「私にサイン本をいただけません?」

僕は食器棚の上に積んである中から一冊を取り出し、三菱《みつびし》のペイントマーカーでサインをする。サインの横に彼女の名前を書き入れ、十二月二十日と日付を入れる。とても好きな本なんですよ、と彼女は僕に耳打ちをする。僕もお返しに何か言ってやろうという気になり、実は、と切り出してから言葉を探す。しかし、すぐにはうまい文句が見つからない。妻は玄関先でまだ話をしている。マンションの駐車場に関する話らしい。実はって、どうかされたのですか、と彼女は訊《たず》ねる。実はこの本のモデルは、ある部分はあなたなのですよ、と僕は言ってみる。そんなわけはないのだけれど、別にかまわないだろう。言葉はただなのだから。

彼女はびっくりしたような目で僕を見る。そして、新しい小説を書き始めたと聞きましたが、と言う。僕は三日前から書き始めた小説のあらすじを説明し、自分のアイデアがとても気に入っているのだと話す。彼女は真剣な表情で頷《うなず》き、登場人物の職業などについて僕に訊ねる。出産するまで雑誌社で働いていたというだけあって、なかなか的を射た質問だ。僕は彼女の質問が気に入り、さらに詳しい説明をする。そして、初めてこの女を女として意識する。真顔で嘘《うそ》をつけるようになれば大人になったという証拠だという友人の言葉を思い出しながら。

「とてもいい小説になると思います」と彼女は言う。「でも、主人公の職業を医者とか教授とか、もっと一般的なものにした方が分かりやすくなるかもしれません」

「ああ、なるほど。そうかもしれませんね」

僕は説明するのをやめ、彼女に新しいコーヒーを勧める。そして柄にもなく熱弁を振るったことを少し恥ずかしく思う。僕が思うに、医者や教授というのは小説の主人公には相応《ふさわ》しくない。医者は病気を治すことしかできないし、教授は教えたり研究したりする以外には何もできないからだ。

戻ってきた妻に促され、子供たちは渋々といった感じで公園へ行く。僕は仕事部屋に戻り、届いたばかりの封筒からゲラを取り出す。ゲラの表紙には都ホテルの用箋《ようせん》が貼《は》り付けられ、そこには見事と言う他ない文字でこう書かれている。


誤植はこちらで直しますので、気になさらなくて結構です。お願いしたいのは内容のみです。各色のポストイットに番号をつけました。別紙をご参照の上、番号と照らし合わせてご検討いただければと思います。

疑問点はレッド、読者に伝わりにくいと思われる箇所はイエロー、僭越《せんえつ》ながら削除が望ましいと思える部分はオレンジ、私個人として素晴らしいと感じる表現はグリーン、その上でさらに練り上げていただきたいと希望するのがブルーです。

PS．都ホテルはとても静かです。チェックインは十三時からですが、ご一報いただければ早めることもできます。

日野拝

ゲラはポストイットだらけだ。ざっと見ただけで百枚以上は貼られている。これはどういうことだ？　日野のやつ、書き直せとでも言うのだろうか。それにホテルに泊まると伝える前に、なぜチェックインの時間が書かれているのだ？

僕は不機嫌になり、部屋を出てリヴィングの中を歩き回る。妻もその友人も僕の剣幕に驚いている。僕は冷蔵庫からギネスを取り出し、仕事部屋へ戻って最初のページを開く。そして、もう一度腹を立て、セブンスターの箱を壁に叩《たた》きつける。何しろ、ポストイットが貼られていないページにまで日野の文字で書き込みがあるのだ。

そのうち、ドアがノックされる。一体何の騒ぎなの、と妻は言う。僕は小説のゲラと日野からの手紙を渡し、ソファーに横になってストーンズをかける。小一時間ほどして再び仕事部屋のドアがノックされる。妻はパソコンの上にゲラを置き、アンプのボリュームを下げてくすくすと笑う。

「あなたの負けよ。彼の方が一枚も二枚も上手だわ。いっそのこと代わりに書いていただいたら？　それが嫌なら都ホテルで徹夜するしかないわね」

「ホテルになんか行かないよ」

「お好きにどうぞ。私も最初の方に何箇所かポストイットを貼っておいたわ。私のはグレーよ」

「そりゃ、どうも」

僕は冷蔵庫から新しいギネスを取り出し、最初のページに目を落とす。書き出しから三行目に傍点の付された箇所があり、真上にオレンジ色のポストイットが貼られている。傍点部分を削れというわけだ。


……しばらくして彼女が現れたんだ。

日野は別紙にこう書いていた。

①（P７の三行目）この作品の内部に存在する全《すべ》てのものは語り手である「僕」

の意識によってのみ、その存在が保証されています。つまり、「僕」が思わないことは存在しないし、「僕」が見たことは幻覚であっても存在するわけです。逆に言うと、「僕」の意識が支配するこの小説世界の外部は「僕」には感知できない世界のはずです。それなのに、ここで「僕」が「彼女が現れたんだ」と考えるということは、その考えを小説の外の誰か（恐らくは読者）に「語りかけてしまった」と読めてしまいます。これはいけません。

そもそも「僕」は作中の人物なのでしょうか。それとも小説の外部にいて、他の誰かに向かってこの物語を書いて（話して）いるのでしょうか。最初の作品は主人公が娘に語ったテープという形式で一人称であることが保証されていましたが、この作品にはそれを保証する枠組みが設定されていません。従って、ほんの少しでも小説世界を逸脱したと感じられる表現をするとただちに疑問や違和感が生じてしまうので、この二文字を残す必要はないと私は思います。

理屈は合っている。筋も通っている。日野は理論家で、恐らく彼の書いていることは正しいのだろう。とはいえ、僕としては素直に削除に応じる気にはなれない。小説は理屈ではないのだ。僕は最初のページにピンクのポストイットを貼る。これは保留にするという意味だ。

何ページか読み進めたところで、僕はぱらぱらと別紙をめくる。別紙への書き込みはやたらと細かく、いちいち的を射ている。篠原が言うように、なまなかの男ではなさそうだ。しかし、何かがひっかかる。それが何であるのかが分からないまま、十ページばかりゲラを読み進めたところで僕は不安になる。勝利の日は近い——のだろうか、と。

*

都ホテル東京は、立地的には少し不便なところにある。

目黒駅前からホテルのバスに乗って五、六分です、と日野は言うが、僕は横浜から自分の車で都心へ向かう。ゲラの他に着替えやパソコンを持っていく必要があるし、それに電車やバスに乗っていては何となくいい小説に仕上げられないような気がしたのだ。

車はいすゞのベレットだ。三十年も前の車で、いまやフェラーリよりも目立つ。僕はこの小さな車を愛している。五日前に修理工場から戻ってきたばかりだからエンジンは快調だ。とはいえ、首都高は雨で渋滞している。昼前に部屋を出て、ようやくホテルに着いたのは午後の二時過ぎだった。

都ホテルのフロント係は黒ずくめの服装をしている。部屋は三日間予約されている。僕が日野の客だと分かると、フロントの黒服は急に愛想がよくなり、訊ねてもいないのに「延泊も可能です」と言う。そして、日野にはいつも世話になっているのだといったことを話す。黒服の話に頷きながら、僕は敵陣に迷い込んでしまった兵士のような気分になる。

部屋は六階の角部屋で、眼下に色鮮やかな木々が見える。高所恐怖症なのだと言って階を下げさせたものの、それでも悪くない眺めだ。

僕はテレビをつけ、自衛隊のイラク派兵について意見を戦わせている識者たちの顔を眺める。派兵すれば、陸上自衛隊では二階級特進する隊員がぞろぞろ出るでしょうね。ある男が皮肉っぽくそう話し、司会者が大きく頷く。二階級特進の意味が分からないのか、アシスタントの女子アナはきょとんとしている。間の抜けた女子アナの顔を見て僕は一人でくすくすと笑う。笑っている間にもゲラのことが頭から離れない。首都高で渋滞にはまっている時から、いや、目が覚めた時から、気にかかっているのはそのことだけだ。

僕は五十九ページ目から作業を再開する。日に五十ページずつ仕上げれば計算の上では期日に間に合う。とはいえ、日野の書き込みのせいでなかなかはかどらない。彼の意見はどれも正鵠《せいこく》を射ている。それは認めるとしても、どうにも引っかかるものがあり、ピンクのポストイットを何枚も貼ることになる。ゲラには計百二十二枚のポストイットが貼られている。一番多いのがブルー。次がレッドとオレンジ。ごくたまにグリーンが紛れ込み、イエローは二枚だけだ。これほどカラフルなゲラはそうあるものではない。

七十ページに差しかかったところで部屋の電話が鳴る。日野からだ。

「すみません」と彼は言う。「私用で東京を離れることになりました」

それを聞いて、僕は何となくほっとする。日野は「今朝になって気づいた点」をいくつか挙げ、それに関する自分なりの意見を口にする。僕はゲラをめくりながら彼の話に耳を傾ける。相変わらず日野の口調には澱《よど》みがない。告白すれば、僕はこの男に少し感心し始めている。いや、少しどころではない。そのことを見透かされる前に、彼のやり方に慣れておきたいと思った。

日野は、一日の終わりに作業が済んでいるところまでをフロントに預けてほしいと言う。ちょっと嫌な気がしたけれど、僕はそうしておくと約束する。しかし、作業ははかどらない。ルームサービスのワインを飲みすぎたせいか、十時くらいにはもう眠くなる。ゲラはまだ八十ページまでしか進んでいない。何もかも日野のせいだという気がする。フロントへゲラを預ける前に、試しに指摘された傍点部分を全て削除し、声に出して読んでみる。朗読の結果は悪くない。というか、かなりいい。これまた理屈ではない。十二時前にフロントへゲラを預けた時、僕は自分が少し興奮していることに気づく。シャワーを浴び、メラトニンを服《の》んだものの、おかしなものでこうなると眠れない。

僕はコートも着ずにホテルを出て、しばらくあたりを散歩する。歩きながら修正した部分を頭の中で再現してみる。いい感じだ。嬉《うれ》しくなって膝《ひざ》を叩き、今度は同じ箇所を声に出してみる。実にいい。そんな僕を見て、犬を連れた女が急に回れ右をする。不審者だと思われたのだろう。自分でもおかしな男だと思う。二度くしゃみをしたところでホテルへ戻り、一階のトイレに寄って小用を足す。その時、便器の上に小さな版画が飾られていることに気づく。版画の下には英文を訳したこんな文章が添えられている。

羊として人生を送る代価は退屈。狼《おおかみ》の生は孤独。どっちの人生を取るか慎重に考えて。

狼の方がいいに決まっている。そんなことをぶつぶつとつぶやき、部屋に戻って仕事を続ける。眠気は去り、まさかと思うくらいに気力が漲《みなぎ》っている。メラトニンはまったく効いていない。

一時過ぎに携帯が光る。かけてきたのは知り合いの小説家だ。才能はあるのだが、この男は文章がよくない。いちいち添削してやりたくなるくらいだ。僕は飲み屋への誘いを断り、ちょっとした親切心から日野の話をする。新宿で飲んでいるという小説家は、関心なさそうに「へえ」とつぶやく。こいつは羊だ、と思う。新宿あたりで馬《ば》鹿《か》な編集者と飲んでいるから、いつまでたってもその程度なのだ、と。

結局、明け方まで仕事を続け、百二十五ページまで漕《こ》ぎつける。全体のほぼ半分の量だ。夜勤の黒服は、ゲラと引き換えに一枚のファックスを僕に手渡す。それには流れるような文字でこう書かれている。

九十ページ目まで拝読致しました。ただの一箇所も修正すべきところが見つかりません。とりわけ、書き直しをされた部分は素晴らしいと思います。

日野拝

うれしきもの　まだ見ぬ物語
枕草子《まくらのそうし》の一節を思い出します。

僕は部屋に戻ってゲラを広げ、仕事を再開する。時折、日野が送ってよこしたファックスを読み返し、こいつを驚かせてやろうという気になる。一睡もしていないのに少しも眠くない。

ゲラは三日目の午後にはほぼ仕上がる。七割方は日野の意見に基づいている。とはいえ、残りの三割を新たに書き直したことで、自分の中で何となくバランスが取れたという気になっている。結果として三十二や十六の倍数には収まらなくなってしまったけれど、そんなことはもうどうでもいい。

窓の外が暗くなりかけた頃、日野が電話をかけてよこす。六時過ぎに東京へ戻り、その足でホテルに来るという。僕は修正した部分をぎりぎりまで読み返し、七時ちょうどに一階へ降りてラウンジへ向かう。エレベーターホールで、顔馴染《かおなじ》みになった従業員が声をかけてくる。昨日、非番だった彼女は僕の本を買って読んでくれたらしい。

それを聞いた時、僕の中でホテル観が変わる。ホテルとはただ通り過ぎる場所ではなく、こんなふうに滞在するところなのだ、と。

日野は奥のテーブルでゲラを広げている。テーブルの横に大きなバッグを置き、厚手の白いセーターを着ている。ネクタイをしていない彼を見るのは初めてだが、それはそれで似合っている。セーターは奥さんの手編みらしく、胸元にイニシャルが縫い込まれている。こんなセーターを着ているくらいだから、この男はきっと愛妻家なのだろう。

「今日はひどく寒いですね。東京駅に着いたとたんに雨に降られ、少し濡《ぬ》れてしまいました」

日野はホテルに顔を出せなかったことを詫《わ》び、そんなことを口にする。話しながらも頻繁にゲラに目を落とし、膝の上に置いたメモといちいち照合する。しばらくするとバッグからマッキントッシュを取り出し、ゲラを見ながら検索を始める。白いマッキントッシュは、まるでラウンジのインテリアのように見える。

僕はメニューを広げ、ラウンジ全体を眺め渡す。このラウンジは広い上に天井がとても高い。入り口の方に暖炉があり、大きなクリスマス・ツリーが置かれ、壁際《かべぎわ》には装飾用の竹がいくつも並べられている。雨粒が窓を伝い、ライトアップされた木々が美しく見える。僕はギネスとチーズ、クラブサンドなどを注文し、従業員に庭の木の種類を訊《たず》ねる。左からケヤキ、ヒノキ、ヤマモミジ、クロマツ、タイサンボク、池の上にはアオシダレ……従業員はマニュアルのようなものを見ながらそう説明する。

「お疲れ様でした。これでよいと思います。再校ゲラは微調整程度で済むはずです」

日野はコンピュータをしまい、僕が気がつかないうちに注文した白ワインを二つのグラスに注ぐ。そして、とてもよい出来だと思います、と付け加える。僕は黙ったまま頷《うなず》き、彼と乾杯する。次の言葉を待ったものの、日野はそれきり小説のことには一切触れようとしない。ひょっとして、途中からこの仕事に興味を失ったのだろうか。そんなふうに感じて少し不安になる。

八時になり、演奏が始まると九百円のミュージック・チャージがかかると従業員が各テーブルに言って回る。それを機にテーブルがいくつか空き、ジャズの演奏が始まる。結婚式の帰りなのか、礼服を着ている人が何人もいる。今日は天皇誕生日なのだ。

ワインを飲みながら、僕たちは篠原のことを話題にする。日野は篠原に関するエピソードをいくつか教えてくれる。そして、このゲラが本になる頃には彼は編集長になっているはずです、と言う。それは僕にとっても悪くない話だ。

「篠原さんは高校の先輩なんでしょう」と僕は水を向ける。

「ええ、僕の二学年上です」

「大学もご一緒ですか」

日野は、ややあってから「そうです」と答える。僕は都ホテルのマッチで煙草《たばこ》に火をつけ、「やはり文学部ですか」と訊ねる。

「いいえ、法学部です」

「そうでしたか」

僕は恭《うやうや》しい驚愕《きょうがく》に打たれて頷き、もう一度、胸元に刺繍《ししゅう》された「T・H」というイニシャルを見つめる。そして、あらためて不思議な男だと思う。望みさえすれば何にでもなれたのに、この男はどうしてこんなセーターを着て、他人の小説の出来映えを気にかけているのだろうか、と。

日野は赤ワインをグラスで注文し、少しだけそれを白ワインのグラスに注ぐ。二つのワインが混じり合い、ピンク色のワインができ上がる。変わったことをする男だ。

「最近読んだ本に面白い一節がありました」と日野は言う。「正確ではありませんが、こういう文章でした。エリートは選ばれた少数者のみが重要であり、他の大多数の人は豚だと主張する。しかし、雄豚と雌豚が結婚して、レオナルドが生まれることもあるのだ」

「それは面白い」

「僕も気に入りました。エリック・ホッファーです」

それから日野はクリエイティヴ・フューという言葉を口にする。彼はそれを「創造的少数者」と訳し、いわゆるエリートとはまるで次元の違う存在なのだという話をする。そして、試してみてはいかがですか、と言って赤ワインのグラスを持ち上げる。僕は頷き、それを試してみることにする。

「僕はあなたのファンなんです」日野は僕のグラスに赤ワインを注ぎながら言う。「最初の本を読んだ時から、ずっとそうでした。だから、篠原から担当してみろと言われた時、とても嬉しかったんです」

僕は日野の言葉に戸惑い、ラウンジの中を見回す。その時、一人の女と目が合う。女は十メートルほど離れた窓際の席にいて、どうしてなのか、先ほどからこちらの方をちらちらと見ている。目が合うと彼女は曖昧《あいまい》な笑みを見せ、小さく頭を下げる。僕は眼鏡をかけ、それとなく女の様子を観察する。彼女は恰幅《かっぷく》のいい男と向かい合わせに腰かけ、コーヒーを飲んでいる。年の頃は五十代の半ば。グレーのニットのワンピースを上品に着こなしている。男の方は三十歳くらいだろうか。こちらからは彼の横顔しか見えない。女はショートヘアをワックスできれいにまとめている。全体的にきりっと引き締まった印象だ。襟元からすっと伸びた首筋が、若い頃はさぞかし綺麗《きれい》な人だったのだろうと想像させる。しかし、まったく見覚えのない女だ。

「それじゃあ、あらためて」

日野はそう言って、ワイングラスを目の高さにまで持ち上げる。ピンク色のワインを飲みながら、僕たちはしばらくとりとめのない話をする。話の途中で携帯にメールが入る。僕は四桁《けた》のロック解除ナンバーを入力し、舌打ちをする。夕方になって、次男がサンタクロースにお願いしたプレゼントを変更したらしい。

〈「サンタさんに不可能はない」。困ったことに、彼はあなたがそう言っていたと主張しています。何軒か回ったものの品薄状態のようですので、あとはそちらの方でよろしくお願いします。

あなたの子供たちの母親より〉

「どうかされたのですか」

日野に訊ねられ、僕は彼に携帯を渡す。液晶の画面を覗《のぞ》き込み、日野はくすくすと笑う。そして、このゲームソフトはうちの会社の雑誌に連載しているキャラクターがもとになっているのだと話す。その雑誌の編集部に在庫があるかもしれません。日野はそう言って席を立ち、ラウンジの外で携帯を取り出す。彼は携帯で話しながら笑顔を見せ、親指と人差し指で作った丸をこちらに示す。

「明日、ご自宅へ届くように手配しました。届くのは午後になってしまいそうですが」

ラウンジに戻ってきた日野はそう話し、再びワイングラスを掲げる。ものの五分で胸のつかえが取れ、僕はくつろいだ気分でラウンジの中を見渡す。そして、またあの女の視線に遭う。

「さっきから、ずっとこっちを見ている人がいる」

日野は僕の視線の先を追い、小さく頷く。そして、紹介が遅れて申し訳ありませんでした、と言う。僕は妙に思って彼の顔を見つめる。日野はバッグから取り出したラークに火をつけ、あれは僕の妻です、と言う。

「ご冗談を。あの人、どう見ても……」そこまで言ったところで、僕は言葉を飲み込む。

「妻は年が明けると五十六歳になります」

僕はもう一度女の方を見る。彼女はウェイターと話しながら、相変わらずこちらを見ている。日野は女の方に向いてワイングラスを掲げる。女もコーヒーカップを持ち上げ、今度ははっきりとこちらに笑顔を向ける。それを見て、ここに想像もつかないような人生があるのだと知り、僕は電流に触れたようなショックを受ける。

「向かいに座っている男の人は？」と僕は訊ねる。

「前のご主人との間にできた息子です。彼、テノール歌手なんです。アマチュアですが、なかなかいい声をしているんですよ」

そうですか、と答え、僕はしばらく黙り込む。何か言わなければ日野に悪いという気がしたが、何を話していいのか分からない。

日野は高価な白ワインを注文し、問わず語りに話し始める。大学四年の冬に彼女と暮らし始め、二十四歳の時に結婚しました。そのことで父親に勘当されてしまったけれど、変わらないものなど何一つありはしません。時代が変われば小鳥も変わる、小鳥が変われば歌も変わる。人間の感情も時間がたてば変わってしまう。あれから十二年たって、いまでは週末ごとに両親が部屋に遊びにくる、といったようなことを。

「小鳥が変われば歌も変わる？」

「ハイネです。妻が好きなんです。十八歳の時、僕は彼女の息子の家庭教師をしていました。その時、彼女は三十七歳でした」

「彼女はピアニストだったんです。ご主人が亡《な》くなるまで、たまにリサイタルを開いていました」

「そうですか」

僕は頷きながら日野の顔を眺め、「最初のご主人は?」と訊ねる。

「僕が高校二年の時に亡くなりました。小さな会社を経営していた人で、いまはあの息子が社長です。亡くなったご主人は僕の母親の同級生でした。その縁で、母は僕を無給の家庭教師にしたのです」

「ああ、なるほど」

「申し訳ないと思ったのか、僕が教えに行くたびに妻は何かお礼がしたいと言いました。母からきつく言われていたので、僕は何も要らないと答えました。でも、それってフェアじゃないですよね」

「まあ、そうとも言えます」と僕は答える。「で、何かを要求したのですか」

「ピアノを習いたいと言いました。彼女の部屋には立派なスタインウェイがあったし、ピアニストに会ったのは初めてでしたから」

「ピアノを習ったのですか」

「ええ、いまでも習っています。ピアノの他にも、色々なことを」

新しい白ワインが届き、日野は慣れた手つきでテイスティングする。そして、このワインは悪くない、とつぶやく。僕は頷き、奥さんも飲まれるのですか、と訊ねる。ほんの少しですが、と彼は答える。じゃあ奥さんを呼んで一緒に飲みましょう、と僕は提案する。

「ありがとうございます。でも、その前にもう少しお話してかまわないでしょうか」

「もちろん。僕からも訊《き》いてみたいことがあります」

「どんなことですか」

「それを訊く前に、ウイスキーが飲みたくなった」

「どうぞ。お仕事はもう終わったのですから」

「いや、やっぱりシャンパンにしよう。ここは僕が払いますから、かまわないでしょう」

「もちろんです」

僕はウェイターを呼び止め、シャンパンを注文する。そして、日野の妻にも同じ物をグラスで届けるようにと頼む。テノール歌手はもういない。ほどなく彼女のテーブルにシャンパンが届けられる。日野の妻は居住まいを正し、真《ま》っ直《す》ぐにこちらを向いて微笑《ほほえ》む。僕がグラスを持ち上げると、同じ仕草をする。シャンパンのグラスに口をつけると、彼女も少しだけグラスに口をつけ、もう一度、こちらを向いて微笑む。チャーミングな女性だ。日野の妻は席を立ち、真っ直ぐに僕たちの席へやって来る。かなりの長身だ。僕は立ち上がって迎え、彼女と握手をする。指がとても細くて長い。しかも引き締まっている感じがする。ピアニストの指とはこういうものなのだろうかと思う。

「都ホテルはお気に召されました？」と彼女は訊ねる。

「ええ、とても」

「それはよかった」と日野は言い、一緒に飲もうか、と妻に訊ねる。

「私はあのシャンパンで十分です。ごちそうさまでした」

日野の妻は席に戻り、背筋を伸ばし、両手を膝《ひざ》に置いて中庭の方を眺める。ほとんど飲めないらしく、頬がほんのりと朱色に染まっている。そんな彼女を見て僕は色々なことを想像する。

「もう雨は上がっているみたいですね」と日野は言う。

「そうですね」

「ところで、僕に質問があったのではないですか」

「ああ、そうでした」

訊いてみたいことはいくつもあったけれど、本当に知りたいと思うことは一つしかない。それなのに、数ある疑問の中から僕は一番つまらないことを訊《たず》ねる。

「テノール歌手といいますが、彼女の息子さん、何を歌うのですか」

日野は「シューマンです」と答え、低い声でドイツ語の歌詞を口ずさむ。

Im wunderschönen Monat Mai
Als alle Knospen sprangen
Da ist in meinem Herzen
Die Liebe aufgegangen

いまは夜の十一時で、客はほとんど残っていない。このラウンジももうじきおしまいだ。僕は日野に書き始めたばかりの小説の話をする。そして、主人公の職業を何にするか迷っているのだと話す。彼は頷《うなず》きながら僕の話を聞き、他にどんな職業を考えているのかと訊ねる。医者か、大学教授——それを聞いて日野は声を上げて笑う。

僕は最後のシャンパンを飲み干し、自分が少し酔っていることに気づく。ずいぶん飲んでいるはずなのに、日野は少しも普段と変わった様子はない。

「大丈夫ですか」

目が合うと、日野は僕にそう訊ねる。僕は頷き、もう一度、彼の妻の方を見る。その時、僕の目に映ったのは日野の妻ではなく、一人のピアニストだった。彼女はすぐに僕の視線に気づき、笑顔を見せる。僕も同じようにしてみたけれど、あまり上手《うま》くいかない。でもまあ、仕方がない。こういうのは一度だって上手くいったためしがないのだから。

＊

クリスマスの日の午後、僕は仕事部屋で小説を書いている。二時前にインタフォンが鳴り、ペリカン便が届く。それには次男がほしがっていたゲームソフトの他に、シューマンのＣＤが入っている。フリッツ・ヴンダーリヒが歌う『詩人の恋』。

僕は携帯に登録してある日野の番号を呼び出す。彼はワンコールもしないうちに出て、届きましたか、と言う。僕はソフトとＣＤのお礼を言い、いつ広島へ発《た》つのかと訊ねる。二十九日です、と日野は答え、厳島《いつくしま》神社の話などをする。本当はピアニストについて訊きたかったのだけれど、うまく切り出せないまま、僕は彼の話に相槌《あいづち》を打つ。

その夜遅く、日野からメールが届く。来年もよろしくといったことが書かれてあるだけで僕は何となく失望する。しばらく小説の続きを書いてみたけれど、どうにもうまくいかない。僕は日野に宛《あ》てて、年明けに奥さんが弾くピアノを聴かせてほしいと返信する。差し支えなければ、その時にピアニストという職業の細部について教えてほしい、と。

五分もしないうちに、〈妻から快諾を得ました〉という返事が届く。

〈都ホテルでお会いした時の印象を訊ねたところ、妻はゲオルギウの言葉を思い出したと言っておりました。曰《いわ》く、明日終末が訪れようとも、私は今日林檎《りんご》の木を植える。結局のところ、人間は自分以外のものにはなれない。そのことを知っている人なのだと感じた、と。私も同感です。

よいお年を。できたら、また一緒に林檎の木を植えさせてください。

日野拝〉

うるわしい、妙《たえ》なる五月に、

すべてのつぼみがほころびそめると、
ぼくの心のなかにも
恋が咲き出《い》でた。

ライナーノートにある訳詞を読みながら、僕はヴンダーリヒを聴く。そして日野に短いメールを書く。来年、どうしても植えてみたい林檎の木があるのだ、と。その言葉に嘘《うそ》はない。あの夜、都ホテルのロビーで彼と別れた時から、頭の中はそのことで一杯だった。

スクリーンセーバー

人間は他者の承認を必要とする

夜中の三時すぎに液晶の画面が暗転し、スクリーンに白抜きの文字が現れた。人間は他者の承認を必要とする――これはヘーゲルだ。文章を書きあぐねて十分もすると、スクリーンセーバーが起動し、こうした文章が出てくる。

もちろん、人間は他者の承認を必要とする。だからこそ僕も、こんな時間までコンピュータの画面を眺めているのだ。とはいえ、画面を眺めるだけでは他者の承認など得られるはずはない――そんなことを思っている間もなく、すぐにまた別の文章が画面に浮かぶ。『ゴッドファーザー』の巻頭に置かれているバルザックの言葉だ。

財力の陰にあるもの、それは犯罪である

思い出すのは五年前に会った初老の高利貸しだ。人を介してその男の自伝の代筆を打診され、五百万円というギャラに目が眩《くら》んで会いに行ったのだ。

高利貸しは五反田《ごたんだ》に住んでいた。地下のガレージには四台の高級車があり、リヴィングはテニスコート一面分くらいの広さがあった。

彼は金で買えるものは何でも持っていそうだった。値段の見当もつかない壺《つぼ》や掛け軸があちこちにあり、壁には自家用ヘリコプターの写真が飾られ、七、八メートル離れたソファーには愛人らしき長身の女が座っていた。

三ヵ月ほどして出版社の社長から電話があり、高利貸しが死んだと聞かされた。ジョギング中に心臓発作を起こしたらしかった。出版の話は立ち消えになり、手元にはICレコーダーから起こした原稿用紙五十枚ほどのデータだけが残った。

健康は義務である！——アドルフ・ヒットラー

このソフトはコンピュータの修理に来た男の勧めでインストールしたもので、しばらくは画面に修理業者のアドレスと連絡先が交互に浮かび上がっていた。

その後、備忘録として使い始めたが、文章が増えるにつれて備忘録でも何でもなくなり、何かで読んだり、どこかで聞きかじったりした言葉がランダムに出てくるようになった。何の脈絡もない上に意味不明の文章も多い。

ベンツとルーズソックスの違いは値段でしかない

これは何なのだろう？　意味不明だ。そもそも誰が言っていたのだろうか。ルーズソックスがはやったのはもう十年も前だ。ベンツもルーズソックスも他人指向であるという点で変わりはない、ということだろうか。何にせよ、だらしのない靴下をはいていた女子高生たちが、もうじき三十歳に手が届くというのは面白い。

２６５０００÷25＝２６５０００÷１００×２×２＝１０６００

これは相沢さんがメモした数式だ。

相沢さんとは四年前に地元の小学校の慰労会で知り合った。僕はその年の運動会の実行委員だった。

中華料理店で行われた慰労会には二十五人が参加した。相沢さんは穏やかな笑みを浮かべているだけで、ほとんど会話に加わろうとしなかった。彼は六十歳くらいに見えた。同じ円テーブルを囲んでいたのは三十代の人ばかりだったから、話題が合わないのだろうと思った。

九時頃にお開きになり、店の人が僕たちのテーブルに二十六万五千円の請求書を持ってきた。それを見た相沢さんが「お一人、一万六百円です」と言った。団体で来ているにしては高い。当然のように、あちこちのテーブルから「高すぎる」という声が上がり、幹事が店側と値引き交渉を始めた。

僕は値段の高さにも驚いたが、それ以上に相沢さんが反射的に暗算したことに驚かされた。どう計算したのかと訊《たず》ねると、彼は割り箸《わばし》を入れていた紙に式を書いた。

「２６５０００を25で割るのは面倒くさい」と彼は言った。「25は１０００の４分の１だから、０を二つ取ってから4倍にすればいい。しかし、２６５０に４をかけるのも少し面倒くさい。倍の５３００にしてから2をかけた方が簡単です」

十歳くらいの頃に気がついたことだが、僕は頭が悪い。相沢さんが書いた式をじっと見ていると、彼はその下にもう一つ式を書いた。

26500÷5=26500×2÷10=5300

「五人で飲みに行って割り勘にする時はこうした方が速い」と相沢さんは言った。

この式を見て二つのことが分かった。一つは、計算はやりやすい数字に変えてする方が速いということ。もう一つは、この初老に見える人物がかなり頭の回転が速いらしいということだった。

「では、三人で飲んでこの額ならどう計算するのですか」と僕は訊ねた。

「店に百円負けてもらうか、それが駄目ならあと二百円分飲めばいい。いまどき二百円の酒はないから五百円の酒でどうですか」

「この数字は3では割り切れないということですね」

「そういうことです。3の倍数は各位の和も3の倍数になります。26500の2と6と5を足すと13ですから、この数字は3では割り切れないと分かる。下二桁《けた》が00だから、これは4の倍数です」

この人はきっと数学の教師なのだろう。そう思いながら、僕はもう一度、彼が書いた数字を見た。確かに4でなら割り切れそうだった。

「失礼ですが、あなたはどこか地方のご出身ですね」と相沢さんは言った。

「そうですが、なぜ分かるのですか」

「いまのは中学受験をした人なら誰でも知っていることだからです」

「誰でも？」

「少なくとも、うちの生徒は全員知っています」

そう言うと、相沢さんは手作りのものらしい名刺を差し出した。彼は自宅で学習塾を開いていて、この日は教え子たちの運動会の手伝いをしていたのだ。

値引き交渉はまだ続いていた。他の客も加勢して客単価は九千円にまで下がっていた。多勢に無勢だが、中国人の店主もそれ以上は譲ろうとしなかった。その様子をぼんやりと眺めていると、相沢さんが「どうかしましたか」と言った。

「失礼、4の倍数について考えていました」

彼は声を上げて笑い、「専門外のことにはかかわらない方がいい」と言った。

「そうかもしれませんが、家に帰って息子に教えてやりたい」

「息子さんは何年生ですか」

「二年生です」

「それなら野球をさせた方がいい。野球が好きな子は計算が得意になります」

「野球と計算に何か関係があるのですか」

相沢さんは運動会のパンフレットに別の数式を書いた。

0・125×8＝□

「面倒そうですね」と僕は言った。

「野球が好きな子は一秒で答えを出します」

「一秒ですか」

「簡単です。4打数1安打のバッターの打率は2割5分だとすぐに分かる。8打数1安打は、その半分ですから1割2分5厘《りん》です。つまり、0・125は8分の1で、答えは1です」

「ああ、なるほど」

「同じように8打数3安打のバッターは3割7分5厘、8打数5安打なら6割2分5厘です。少年野球ではよくある打率で、野球をしている子はすぐにイメージが湧《わ》くから理解も速い」

「こういう数字を暗記させるわけですか」

「その方が速い。25とか125というのは算数では重要な数字です。たとえば、いまの計算から125×8＝1000だと分かる。それを知っただけで、賢い子は125×64を暗算で答えるようになります」

125×64――答えが8000だと気づくまでに十秒ほどかかった。これでは合格はおぼつかない。そう思うのと同時に、これは計算ではなく、数字の特性に気づくことなのだと思った。

その夜は相沢さんと一緒に帰った。五月半ばの暖かい夜だった。

夜道を歩きながら、彼はかつての教え子たちの話をした。塾を始めて二十三年になり、その頃の教え子たちは三十代の半ばになっている。ちっぽけな私塾に過ぎないが、最近、彼らの二世も通ってくるようになり、孫のような子たちの話題についていくのがそろそろしんどくなってきた――そんな話だった。

僕は4の倍数の見つけ方を訊ねた。下二桁の数字が00か、あるいは4で割り切れれば、その数字は4の倍数と判断できるのだという。なぜそうなるのかについての説明もあった。いまさら知っても始まらないことではあったけれど、彼の話は面白いと思ったし、何となくいいことを聞いたような気がした。

125×64＝125×8×8＝1000×8＝8000

スクリーンセーバーの文字は三秒ごとに浮かんでは消える。けっこう目まぐるしい。ときたまこうした数式が現れ、飄々《ひょうひょう》とした相沢さんの表情が思い浮かぶ。彼は長身で髪がやや薄く、度の強そうな黒縁の眼鏡をかけている。背が高く、姿勢のいいウディ・アレン、そんな印象の人だった。

相沢さんは柴犬《しばいぬ》を飼っていた。明け方に仕事を終えて近くの公園を散歩していると、犬を連れている彼と顔を合わせることがあった。

どんな生活をしていても習慣というのはできてしまう。僕たちは朝の六時過ぎに公園で顔を合わせ、いつも決まったベンチに腰かけて話をした。僕は訊ねられるままにその時々に書いていることを話し、相沢さんは塾の子供たちの話をした。彼はシューベルトとセネカが好きだと話し、時間をかけてパイプ煙草《たばこ》を吹かした。話題の豊富な人だが、自分のことはほとんど話さない。

そのうちに公園にぽつぽつと人が集まり出し、ラジカセが持ち込まれ、芝生の上でラジオ体操が始まる。ほとんどが相沢さんと同年輩か、上の世代の人たちだ。耳の遠い人がいるのか、ラジオの音量がやけに高く、それを潮に話を切り上げるのが常だった。

犬の散歩には奥さんが一緒のこともあった。彼女はたぶん五十代の半ばだ。身長が百七十センチくらいあり、くるぶしがきゅっと締まっている。学生の頃は短距離の選手だったらしい。奥さんは快活でよく話す人だった。塾では相沢さんが算数と理科を教え、彼女が国語と社会を担当しているのだという。彼ら夫婦には子供はいない。よく吠《ほ》える柴犬はその代償なのだろうか。

近所の人の話では、相沢さんは開業医の息子で元左翼だということだった。逮捕歴があり、新聞に名前が出たこともあると聞いた。面と向かって訊《き》くわけにいかないから真相はいまもって分からない。いずれにせよ、こうして僕たちの間に一種の交わりが生まれた。月に二、三度の淡い交わりである。

相沢さんはメモ魔だった。犬を散歩させている時でも子供たちが喜びそうな問題を考え、メモ帳に数式などを書き込んでいた。

23時18分－8時23分＝22時78分－8時23分＝あと5分でおやつの時間

その頃、というのはやはり四年前だが、僕は商店街のビルの一角に仕事場を借りていた。半世紀前に建てられた細い雑居ビルで、エレベーターがなく階段も急だったから、四階の仕事場へ着くまでにひどく骨が折れた。日に何度も昇り降りをする気になれず、いったん仕事場へ着くと、一日の大半をそこで過ごすことになった。2Kの狭い仕事場だが、仕事に打ち込むにはいい環境だったのかもしれない。

知り合った年の暮れに、その商店街で相沢さんとばったり行き合った。陽の高い時間に顔を合わせるのは珍しかった。彼は男の子と一緒だった。その子に手伝ってもらい、商店街のプリントショップで塾の小テストをコピーしてきたのだという。

僕は相沢さんを仕事場へ誘った。彼は一緒にいた子に「どうする?」と訊ねた。

「ほら、この前に話した文章のプロだよ」

「おじいちゃんに断ってきます」

少年はそう言って近くの電気店へ入った。たまに電球などを買いに行く小さな店で、八十歳くらいの老人がいつも一人で店番をしていた。

「うちの五年生です」と相沢さんは言った。「算数はよくできるのですが、国語がからきしでしてね。何とかならないものでしょうか」

「お門違いです、僕も作文以外は得意だったという記憶がない」

「作文ができたら言うことはない。ぜひコツを伝授してやってください」

「じゃあ、ちょっと思い出しておきます」

僕は実際に作文が得意だった。中三の時に「模範解答」として廊下に作文を貼《は》り出され、あまりの恥ずかしさに数日の間、生きた心地がしなかったものだ。コツというのとは少し違うけれど、僕には思い当たることがあった。どんなに文章がうまくても本音を並べていたら作文でいい点は取れない。要するに、僕は子供の頃から嘘《うそ》つきだったのだ。

少年が戻るのを待って、僕たちはビルの階段を昇った。電気店の息子は悠一といった。身長は百三十センチといったところだろうか。五年生にしては小柄で、色が白く、やせっぽちだった。

「えらく急な階段ですね」

部屋に着いた時、相沢さんは肩で息をしていた。悠一という子も息を弾ませていた。

「すみません、こんなところしか借りられないもので」

僕はコーヒーを淹《い》れ、悠一にはリンゴのジュースを出した。相沢さんは少年がコップに伸ばした手を叩《たた》き、「まず、いただきますだろう」と言った。悠一は慌《あわ》てて手を引っ込め、「いただきます」とつぶやいた。

「悠一、いただく前に、もう一つ言うことがあったはずだぞ」と相沢さんは言った。

少年は頷《うなず》き、「リンゴの収穫量第一位は青森県です」と言った。

「じゃあ、二位は？」

「二位ですか」

「考えるな。長野だ。グラフとカードをよく見ておけ。長野には二位の果物がもう一つあったはずだぞ」

「ブドウです」

「牛に引かれて行くのは長野のどこだ？」

「善光寺《ぜんこうじ》です」

「よし、いただけ。悠一、謙譲語はもう覚えたか」

「もう少しです」

「年内に覚えてしまえ。いただく、拝見する、おる、まいる、うかがう、いたす、もうす、お目にかかる、お目にかける。それだけ覚えればいい」

矢継ぎ早の問いかけは、悠一がジュースを飲んでいる間も続いた。ブドウから山梨の特産品に関する質問になり、有島武郎の代表作が問われ、信玄と謙信に関する質問になった。相沢さんの口調は厳しかったが、悠一に萎縮《いしゅく》している様子はなく、にこにこしていて、むしろ楽しそうに見えた。

「収穫高の二位が問われることもあるのですか」と僕は訊《たず》ねた。

「こういうのは表やグラフで出題されることが多いから、二位を知っていれば判断しやすいんですよ」

仕事場にはオーディオがなかったので、コンピュータを起動し、相沢さんが好きだと話していたシューベルトの四重奏を流した。彼は音楽に合わせて鼻を鳴らし、「いいですねえ」と言った。僕もその頃はそればかり聴いていた。緊張感があって、仕事に取りかかる前に聴くのにぴったりだった。

悠一は本棚の前に立って、本の背表紙を眺めていた。「読みたければ持って行くといい」と言ったが、遠慮しているのか、彼は首を振った。

「せっかくだから、何かお借りしろ」と相沢さんは言った。「最後まで読めるように、なるべく薄い本をお借りしろ。それを家で音読して、もう少し文章をすらすら読めるようになれ」

悠一は手を出したり引っ込めたりした末にカバーのついていない文庫本を棚から抜き出した。ケストナーの『一杯の珈琲《コーヒー》から』だった。相沢さんは眉《まゆ》を少し曇らせたが、

「よし」とだけ言った。何もかもこの調子だった。

やがてシューベルトが終わり、相沢さんはトイレに行った。トイレは奇数階に一つずつあるだけで、彼はしばらく戻らなかった。その間、僕は悠一と話をした。相沢先生が出た学校を目指していると聞き、相沢さんが栄光学園の出身だと知った。

少年は話しかければ答えたが、自分からはほとんど話そうとしなかった。彼はスクリーンセーバーに浮かんでは消える文字をじっと眺めていた。

徹底的に考えることができるのは、自分が知っていることだけである

「これは何ですか」と彼は訊ねた。

「ショーペンハウエルという人が書いた文章だよ」と僕は言った。

「パソコンに触ってもいいですか」

「いいけれど、触ると文字が消えるよ」

「知ってます」

悠一はマウスを使って画面のプロパティを開き、スクリーンセーバーのタグをクリックした。何というソフトなのか知りたかったようだ。彼はソフトのバージョン情報を調べ、ヘルプファイルを開いた。電気屋の息子らしく、コンピュータの扱いに慣れている様子だった。

「こうするんだよ」僕はスクリーンセーバーにいくつか文章を入力し、「プレビュー」のボタンを押した。すぐに画面が暗転し、白抜きの文章が浮かび上がった。

有島武郎。白樺派

一房の葡萄

生れ出づる悩み

惜みなく愛は奪う

悠一は「白樺」という字を知らないらしく、何と読むのですかと訊ねた。彼は「葡萄」も「奪う」という文字も読めなかった。僕はスクリーンセーバーに「しらかばは」「ぶどう」と入力し、今度は白地に反転させて画面に映し出した。真っ白な画面を見つめる彼は、なぜだかとても嬉《うれ》しそうに見えた。

「面白いかい?」と僕は訊ねた。

彼は頷き、このソフトを使って謙譲語を覚えるのだと言った。

「それはいいアイデアだ。君はなかなか賢いな」

十一歳の子が、なぜそんなに勉強したがるのだろう? ちょっぴり不思議に思いながら、もっと言えば軽い違和感を覚えながら、僕はUSBメモリーにこのソフトをコピーして彼に渡した。

「本を返す時に、うちから新しいUSBメモリーを持ってきます」

子供なりに恩義を感じたのか、悠一はそんなことを言った。将来はIT関係の仕事に就きたいと聞いたのはこの時だったと思う。


次に相沢さんに会ったのは年が明けて二週間ほどたった頃だ。

彼は目を充血させていた。足元も少しふらついているようで、犬の散歩というより、飼い犬に引きずられているように見えた。僕は気になってどうかしたのかと訊ねた。

「何でもありません。毎年のことです。あと二週間で本番ですからね」

彼は明け方まで塾生の志望校に合わせた予想問題作りをしていて、二時間しか寝ていないのだと言った。その上に地元の六年生を自宅へ泊まり込ませ、そこから小学校へ通わせているらしかった。塾のホームページで「全員合格」を謳《うた》っていたことは知っていたが、正直なところ、六十を過ぎた彼がそこまで根を詰めているとは思わなかった。

「大手に伍《ご》してやっていくのは大変なわけですよ。しかし、ここが踏ん張りどころです」

その日、いつものベンチに並んで腰かけ、彼が明け方に見たという夢の話を聞いた。こういう話だった。

二月の寒い朝に、彼はコートを着たままで講堂のようなところにいる。講堂は広く、暖房はほとんど効いていない。周りには大勢の人がいて、白い息を吐いている。口を開く者はほとんどいない。その日は追加募集をした私立中学の受験日で、受験に失敗し続けてきた子の親たちは互いに目を合わせないようにしているのだ。

試験開始の時間になり、壁に最初の試験問題が貼り出される。問題は例年よりもずっと易しい。受験者の平均点が跳《は》ね上がるのを知って、相沢さんは落ち着かない気持ちになる。彼の教え子は穴が多いのだ。やがて昼になり、試験を終えた子供たちが教室を出てくる。相沢さんの教え子は顔をほころばせ、「かなりできた」と言う。夢はそのあたりで終わる。二時間しか寝ていない割に長そうな夢だった。きっと過去にあったことなのだろう。

「こんなに切ない仕事はありません」彼は赤い目をしょぼつかせながら言った。「年なのかな、最近、子供たちが泣くのを見るのが耐えられなくなってきた」

僕は頷いて聞いていたが、素直に同意する気にはなれなかった。食塩水の濃度や三角形の面積を知りたがる子供はいない。大部分の子は親の喜ぶ顔を見たさに勉強しているだけなのだ。そんな子たちを家に泊まり込ませ、健康を害してまでやるようなことではないと思った。

「こんな話をして申し訳ない。あなたは馬鹿《ばか》げていると思っているでしょう」

「いいえ。ただ、辛《つら》いことが多そうだなと思って聞いていました」

「今度、うちへ来てください。あなたの誤解を解きたい。できれば土曜日がいい。土曜日には六年生を家に帰しますから。そうそう、悠一があなたの本を読んだそうです」

「僕の本を?」

「図書館から借りて、『九月』という短編を読んだそうです。最初に読んだ時はあなたが何を言おうとしているのか、まるで分からなかったと言っていました」

「五年生だし、無理はないと思います。逆に、あの子に簡単に分かられてしまうようだとこっちが困る」

「何を言っているんですか。それこそ逆でしょう」

「逆といいますと？」

相沢さんはベンチの背にもたれて目を閉じ、ふっと短い息を吐いた。

「聖書が読みにくかったらキリスト教はここまで広まっていませんよ。私は十二歳の子が読んで理解できないような本は全部駄目だと思っています。その点、あれは分かりやすい話で、いくつかヒントを与えたら悠一も理解できたようです」

九月――人生の秋

数日後、僕は商店街で悠一と顔を合わせた。悠一はスクリーンセーバーのソフトに社会の問題をたくさん入力したと話した。画面に現れる問題を解いているうちに新しい年になったのだという。

「それじゃあ、テストをしよう」

僕は近くの書店へ彼を連れて行き、問題集を開いて簡単そうな問題を出した。「京浜工業地帯」、「出版と印刷業」、「関西国際空港」、「四大公害病」……正答率はざっと八割といったところだった。

悠一は感情がすぐ顔に表れる子で、正解するたびに「当たった」と言って身体《からだ》を上下させた。何かもう歓《よろこ》びを押さえきれない様子で、途中から鼻歌で何か歌い出した。そのうちに店主が怪訝《けげん》そうな顔をし出したので、僕はその問題集を買い、彼にプレゼントした。

「僕のために、ありがとうございます」

悠一は変声期前の甲高い声でそう言った。

一月下旬の土曜日に、僕は相沢さんの家を訪ねた。夕方の四時半頃で、あたりはもう暗くなりかけていた。

相沢さんは私道の奥にある古い家に住んでいた。高い塀に囲まれた日本家屋で、昔ながらの木戸の横に「相沢教育問題研究所」という看板がかかっていた。道路から距離があり、とても静かだった。木戸をくぐると奥さんが縁側に姿を現し、座敷にいた子たちがちらちらとこちらを見た。彼らは五年生で、奥さんから国語を習っていたところだった。

座敷でお茶を飲んでいると、相沢さんが階段を降りてきた。居残っている六年生に二階でテストをさせているらしかった。僕は一階にいた子たちの様子を見た。テーブルが二つ並べられ、子供たちは男女別にそれぞれのテーブルに着いていた。五年生は十四人で、読解のプリントに取り組んでいた。どの子も集中していて、無駄話をする子はいない。たぶん、相沢さんがそばにいたからだろう。悠一も黙々とプリントに取り組んでいた。

壁には「今週の迷解答」というのが貼《は》られていた。慣用句とことわざの試験をしたらしく、「急がば走れ」というのが一位に選ばれていた。二位は「病は夏から」で、この子は夏という文字を間違えていた。「二十歳の手習い」、「火に水をそそぐ」、「七転び七起き」……色々な解答があったが、個人的には七位の「うり五つ」が気に入った。悠一はこのテストで満点を取っていた。スクリーンセーバーを見続けた効果が出たのだろうか。

「悠一、ぜんぶ当たったな」

耳元でそう囁《ささや》くと、彼は嬉しそうに身をよじった。身体が小さかったせいもあり、二年生だったうちの子と変わらないほど幼く思えた。子供らしいというか、実に単純な子で、漠然と、この子は先々苦労をするのではないかという気がした。

僕はその年の夏に仕事場を引き払った。四年間いて愛着はあったが、家賃の十パーセント値上げを切り出され、梅雨時にビルの廊下でネズミを見かけて嫌になっていたこともあり、その日のうちに解約を申し入れた。

引越しの当日にビルの前で悠一に会った。八月半ばの暑い日で、僕は引越し業者のトラックが来るのを待っていた。

悠一は塾の「計算トーナメント」で優勝したと言ってはしゃいでいた。こめかみから汗を垂らしながら、彼は11の倍数の見つけ方について話した。奇数桁《けた》と偶数桁の和の差が11の倍数であれば、それは11の倍数なのだという。炎天下に気の遠くなるような話だった。よほど嬉しかったのだろう、悠一は塾の壁に貼られているプリントを見せると言って、わざわざ塾へ取りに行った。僕は暑さでぼうっとしながら彼の後ろ姿を見送った。六年生に進級しても幼さは相変わらずで、身長もさほど伸びていないように見えた。

真夏の商店街は閑散としていて、ほとんど人通りがなかった。暑さに耐え切れずに仕事場へ戻ると、五分ほどして業者がやってきた。彼らは二人で来た。荷物はさほど多くなかったが、階段が急なので安全確保のためにあと二人呼ぶ必要があると言い出した。もちろん、その分だけ料金も上がる。値段の交渉をしている間に、商店街へ戻ってきた悠一の姿が窓から見えた。彼はTシャツの背中を汗で濡《ぬ》らし、プリントらしき紙を持って通りの左右を見渡していた。

僕は追加の作業員を呼ぶことに同意し、96点のプリントを見るために商店街へ戻った。悠一はもういなかった。電気店へ行ってみたが、店番の祖父から戻っていないと言われ、キツネにでもつままれたような気分だった。小一時間ほどして二人の作業員が来て荷物の運び出しが始まったが、悠一はやはり戻らなかった。もう会うこともないと思うと、少し淋《さび》しい気がした。僕は彼の喜ぶ顔を見るのが好きだったのだ。

7271÷11=661

相沢さんとは、その後も朝の公園で顔を合わせていた。

季節がひと回りして分かったことだが、相沢さんの感情は季節によって変化した。彼は春から夏にかけては割にゆったりとかまえていた。連れ立ってプロ野球を見に出かけたこともあったし、奥さんと三人でビアガーデンへ行ったりもした。陽気のいい時期に会う限り、彼は楽しい人だった。しかし、十月頃からそわそわとし始め、コートが要る季節になるとちょっとしたことで苛立《いらだ》ったり、逆にしょんぼりとしたりすることがあった。これは知り合ってから四年がたったいまも変わらない。

今年に入ってからは公園で会っても大して意味のある話をしなくなっていた。これには長男のことがからんでいた。長男は去年の秋から相沢さんの塾へ通い始めたものの、ちっとも勉強する気がなく、もう辞めたいと言っていた。相沢さんもそのことを気にかけていて、お互いに当たり障《さわ》りのない話をするようになっていた。

相沢さんと意味のある話をしたのは五月初旬の朝だった。

「悠一のことを憶《おぼ》えているでしょう」と彼は言った。「電気屋の息子ですよ」

「ええ、憶えています」と僕は言った。

「今度、悠一がうちに来るんですよ」

「そうですか。彼は元気なのですか」

「本人は元気だと電話で言っていました。よかったら、その時に来ませんか」

悠一は都内の私立中学の三年生になっていた。名門といっていい中学で、悠一が合格した時、相沢さんは塾のホームページで宣伝に使っていた。久しぶりに悠一の消息を耳にしたのは今年に入ってからで、同じ塾に通っていた子の母親から、悠一の脳に腫瘍《しゅよう》が見つかり、休学しているようだと聞いたのだ。

相沢さんは悠一の病状について話した。悠一は二月に開頭手術を受け、いまは中学の近くに借りた部屋から通学しているということだった。経過は順調らしく、手術後に見舞った時も病室でＩＴ関係の本を読んでいたという。

十二月――反省の月

悠一に会ったのは六月になってからだ。

僕は相沢さんの家の縁側で彼を待っていた。奥さんの他にここで一緒に勉強していた子が一人いた。

悠一は約束した時間から少し遅れて木戸をくぐってきた。汗ばむような陽気だったが、彼は学生服を着ていた。

相沢さんは縁側から「よく来たな」と声をかけた。悠一は木戸の前で頭を下げ、「おじゃまします」と言った。

悠一はかなり背が伸びていた。といっても百六十五センチくらいだが、小学生だった彼しか知らなかったのでやや戸惑った。

僕たちは座敷に移って話をした。奥さんから学校のことを訊《き》かれて、悠一は一年の時は卓球をしていたが、いまはコンピュータ部に所属していると言った。主治医の話もした。その人も同じ中学校の卒業生で、数学の問題の解き方を教えてくれたり、知っている教師の話を聞かせてくれたりするのだという。

病院での検査待ちの時間が退屈だと聞いて、奥さんが「コラッツの問題」の話をした。ある整数を考え、偶数なら2で割り、奇数なら3倍して1を足す。これを繰り返していくと、どんな数も最終的に4→2→1となるのだという。

「病院の外来にかかる時に暇つぶしに考えるの」と彼女は言った。「本当にあらゆる整数で成り立つのか、試しているうちに一時間くらいあっという間にたってしまうわよ」

無言で頷《うなず》いていた相沢さんは、「元気そうでなによりだ」と言った。

「はい。いまは元気になりました」

しばらく塾に通っていた頃の話が続いた。悠一は膝《ひざ》に手を置き、目の前のテーブルを見つめるようにしていた。奥さんから「大きくなったね」と言われて困ったような笑みを浮かべたが、もう以前のようには笑わなかった。成長したというより、僕は彼の中から何かが抜け落ちてしまったという印象を受けた。もっとも、それを成長と呼ぶのかもしれない。

悠一は途中でトイレに立った。その時、奥さんが「大丈夫かしら」と言った。しばらくして戻ってきた悠一はやけにゆっくりとした足取りで、上体がややふらついているように見えた。

17↓52↓26↓13↓40↓20↓10↓5↓16↓8↓4↓2↓1↓4↓2↓1……

二ヵ月後、相沢さんから悠一が死んだと聞かされた。彼は葬儀の日取りを告げ、塾でもお別れ会をすることにしたと言った。

僕たちはいつものベンチに腰かけて悠一の話をした。蒸し暑い朝だった。しばらくするとラジオ体操をする人たちが公園へ集まってきた。ラジカセのスイッチが入れられ、「八月八日、水曜日です」という声を聞いた時、あらゆる数字が意味を失ってしまったように思えた。

葬儀の後、悠一の母親から形見分けとして本を一冊渡された。ＩＴライターが書いた本で、あちこちに鉛筆でアンダーラインが引かれていた。

ヘミングウェイの短編のタイトルさながらに、最近は何を見ても何かを思いだす。

本棚にあるオレンジ色の背表紙を見るたびに、僕は悠一の顔を思いだす。その本の帯にはこんな文章が引用されている。

あなたが無駄に生きた今日は、昨日死んだ人が痛切に生きたかった明日である

公園の方からラジオ体操の音楽が聞こえてきた。もう六時半だった。

僕はコンピュータの電源をオフにして部屋を出た。十二月の朝だが太陽が眩《まぶ》しく、よく晴れた一日になりそうだった。

セイロンの三人の王子

1

社会部次長の三条は、二つの願望を持っている。一つは部長になること。もう一つは僕を部隊から外すこと——らしい。

「新聞社には無駄な人間が多すぎる」

最終版の降版を終えた後、三条は缶ビールを配りながらそう言う。立場上、全員が頷《うなず》く。僕も頷きながら、この男は自分のことを言っているのだろうと理解する。

最終版である十四版の入稿を終えるのは、遅い時には午前一時半近くになる。正確には一時二十九分がリミットだ。ゲラのチェックをしたらすぐにも引き上げたいところだが、仕事はまだ終わらない。三条が残っている記者たちに酒を飲むことを強要するからだ。彼はこれを「親睦《しんぼく》」と位置づけていたようだけれど、僕たちは陰で「十五版」と呼んでいた。困ったことに、この版には締め切りというものがない。

酔いが回ると、三条は横浜総局で働いていた頃の話をする。もう何度も聞かされた話だ。その昔、鶴見《つるみ》区の中学三年生たちに長期取材をして、神奈川県版に『いま、学校で』というコラムを連載していたのだ。三条によれば、それは当時の横浜総局長の「英断」によってスタートした企画だった。

「俺が取材したのは三年二組の生徒たちだった。校長にじかに話をつけて、教室に机を一つ置いてもらっていたし、放課後には生徒たちに密着した。その子たちが卒業して、一年後にどうなっていたかというところでコラムは終わるんだ」

三条はその連載の切り抜きを大学ノートに貼《は》りつけている。缶ビールを飲みながら、僕たちは鶴見の中学生たちの記事を回し読みする。何度も読み返したらしく、ノートのあちこちに染《し》みがついている。真夜中につまらない記事を読まされる側の身にもなってほしいものだが、三条はおかまいなしに続ける。

「そのクラスに佐藤君という問題児がいたんだ。問題児というのと、ちょっとニュアンスが違うな。とにかく、その子一人のために二組にはサブの担任がついていたくらいだ。何とかしようと思って、俺はその子の親父《おやじ》と飲んだんだよ。これがとんでもない親父でさ、最初に会った時は驚いたよ」

こんな話をするくらいだから、三条というのは悪い人間ではない。悪人には独特の魅力があるが、彼にはそれがない。要するに周囲が見えていないのだ。

話が佐藤君の家庭環境に及んだ時、記者クラブの直通電話が鳴った。電話を取った記者は「溝口さんからです」と言って、三条に受話器を渡した。もう夜中の二時半だ。こんな時間になぜ社会部長が電話をかけてきたのか僕には分からなかったし、この時は特に知りたいとも思わなかった。

三条は途中からメモを取り、熱心に相槌《あいづち》を打ち始める。残っている記者たちはクラブに泊まろうかと言い合い、誰がどのベッドで寝るのかを決めるためにアミダを始める。ベッドの位置が決まっても三条はまだメモを取っている。込み入った話のようだ。

二時四十五分になり、他紙の朝刊が記者クラブに届く。いわゆる交換紙というやつだ。ざっと見た感じでは特オチはないようだ。僕たちは安心し、車座になってオウム真理教の話をする。最近はこの話題ばかりだ。

社内にオウムのスパイがいるという話が広まったのは五月の終わり頃だった。古賀というデスクが、オウムに関する記事のゲラがファックスされているのに気づいたのが事の発端だ。ゲラを送信したのは新入りのボーヤだった。

「取材に出ている記者さんから頼まれて、指示された番号にゲラを送りました」

事情聴取を受けたボーヤはそう答えた。該当する記者は夜勤明けで、その時間帯には会社の風呂《ふろ》に入っていた。不審に思ったデスクが送信先の番号を調べてみたら、そこがオウムの関連施設だったというわけだ。

オウムと繋《つな》がっている人間は誰なのか――トップシークレットとされながら、社内ではこの話題で持ちきりだった。この一ヵ月間、これ以上のニュースはなかったと言っていい。この話には僕も興奮させられた。何よりもスパイという言葉の響きが新鮮だった。

刑事たちも早速この一件を調べたらしい。その結果、「お前の会社には内通者が三人いると言われた」と公安担当の記者は話していた。もっとも、公安の情報など当てになるものではない。警視庁公安部の仕事は仕事を作り出すことであり、右翼も左翼もなりを潜めているいま、彼らにとって怪しげな宗教団体ほど有り難い存在はないのだ。

「やっぱり、そのボーヤが怪しいな。早稲田《わせだ》の理工を中退したっていうし」

「時々、目をつむって、ぶつぶつ言っているらしいですよ」

「案外、古賀さんかもよ。いつになくムキになってボーヤを問い詰めていたし、調べる側に回れば疑われなくて済むからさ」

僕たちは、そんなことを囁《ささや》き合って笑う。いまでこそ笑うことができるけれど、最初にこの話を聞いた時はひどく緊張したものだった。

新人研修を受けていた頃、僕は渋谷にあったオウムの道場に電話をして麻原彰晃と話をしたことがある。「取材を申し込む練習」として、どうでもいいようなところへ次々に電話をかけさせられたのだ。これは奇妙な練習だった。研修の担当者は、「ある程度の話を引き出し、最後に面談を断わられそうな要求をしろ」と言った。練習なのだから断わられた方が好都合だし、それでも取材に応じるというのであれば、それはそれで面白い記事になるだろうから、と。

電話に出た麻原は「修行中」とかで、息を弾ませていた。僕は五分ばかり彼と話し、カメラマンを同行させるから空中浮揚をしてみてほしいと頼んだ。それを聞くと、麻原は近々インドの方で異変が起きそうだという話をした。その異変を防ぐために意識を集中しているので、いまは空中浮揚はできないのだ、と。それでも新聞には出たいらしく、『週刊プレイボーイ』が撮影した空中浮揚の写真を使ってはどうかと提案した。

この話を報告すると、同期入社の記者たちは一斉に笑った。その頃のオウム真理教は一種のジョークだと思われていたのだ。それがいまや危険な教団の一つとみなされるようになり、社会部長は専従の取材者を誰にするのかで頭を悩ませているという話だった。

電話を切った三条は、どこか浮かない様子で僕たちの顔を眺め渡した。かなり長い電話だった。酒を買いに行ったまま戻ってこない記者もいて、その場には僕を含めて三人しか残っていなかった。そのうちの一人は机の上に両足を載せて眠っていた。

「今日はもう終わりにしよう。お前はちょっと残れ」

残っていた記者たちがシャワーを浴びに行くと、三条は僕にビールを勧め、「お前はこのまま社に上がって夕刊の手伝いをしろ」と言った。

警視庁クラブの記者は、原則として本社での泊まり勤務はしない。妙に思ったものの、僕は黙ったままで頷いた。

「夕刊の降版が済んだら総務局に顔を出せ。それともう一つ、お前は七月から遊軍だからな」

七月から遊軍——待ちかねていた言葉だったけれど、ここではしゃぐのは得策ではない。僕は大学ノートに目を落としながら曖昧《あいまい》に頷いた。そして鶴見の中学生たちは、その後、どうしているのかと三条に訊《たず》ねた。三条は何人かの生徒の消息を話し、いまでもたまに彼らと会うのだと言って笑顔を見せた。とはいえ、もう中学生たちの話を続ける気はないようだった。

「警視庁は何年やった？」と三条は訊ねた。

「三年になります」

「その前は、確か四方面クラブだったな。俺も昔、四方面にいたんだよ」

「知っています」

三条は勘違いをしていた。面倒なので黙っていたけれど、僕がいたのは渋谷警察署の中にある三方面記者クラブだった。

警視庁管内の取材は都合四年近くやった。三方面クラブから本庁の担当になった時は素直に嬉《うれ》しかった。でも、嬉しかったのは最初の一、二ヵ月くらいで、半年もすると仕事を楽しめなくなった。本庁の担当をしていた三年間、午前二時前に大森の部屋へ戻ったことは数えるくらいしかない。夜回りに使うハイヤー代は毎月百万円を超えていた。平均すると百二十万円といったところだろうか。ハイヤーを飲み屋に横づけすることはあっても、飲む相手は刑事か事件の関係者に限られた。

この三年間は必死だった。久しぶりに会った大学の同級生からは、まるで別人のようだと言われた。どうして、あんなに必死になっていたのだろう？　新聞記者である以上、僕もスクープを望んでいたし、他の記者たちもそうだったはずだ。でも、僕はいまはっきりと思う。僕たちを駆り立てていたのは記者としての功名心などではなく、他紙に抜かれはしないかという不安心理だったのだ。この仕事は果てしない消耗戦だった。この三年間、抜かれた夢を何度も見たし、毎朝、新聞の社会面を開くのが怖かった。

三条が帰った後、僕は残っていた缶ビールを持って会社へ上がった。もう四時を回っていた。編集局の中央にあるソファーに腰かけ、一人でビールを飲んだ。外信部の方からAP通信のプリンターの音が聞こえてくるだけで、編集局はひっそりと静まり返っていた。

それにしても、と僕は思った。いまは六月の下旬で、七月一日付の人事はすでに内定しているはずだ。自分が動くとは聞いていなかったし、こんな夜中になぜ急に異動を告げられたのか。そもそも三条があんなに話の分かる男であるはずがない。それでも異動が決まったことだけで満足していたし、どんな経緯でそうなったのかなんて、この時はどうでもいいと思っていた。

2

うしろの方で、がやがやとデスク会議が始まった。夕刊の締め切りが守られていない。大阪本社への送信も遅れている。社員拡張をするので協力すること。夕刊にはイベントの社告が一つに死亡記事が二つ。ニュースセンターからの予定は——毎日毎日、同じことの繰り返しだ。徹底せよ、指導せよ。官僚どもが口にするのはそればっかりだ。

午前十一時過ぎ、日本人が乗ったセスナ機が墜落したと共同通信が伝えてきた。場所はケニアの山奥だ。夕刊担当のデスクに命じられ、僕はツアーを企画した旅行会社へ電話を入れる。一分近く待ってやっと繋がったものの、担当者が他の電話に出ていて話ができない。とりあえず、ツアー参加者の名簿をファックスしてもらうことにし、十一時半から六本木の事務所で会見があることをデスクに伝える。デスクは出社したばかりの都内版担当の女性記者をそこへ派遣する。パンダが好きで、上野動物園の園長と親しいというおっとりとした記者だ。この人で大丈夫かなという気がしたが、人手が足りないのだから仕方がない。

そうこうしているうち、人身事故で丸ノ内線が停まっているという一報が入る。自殺らしいから、これも調べろという。抗議が殺到しているらしく、営団地下鉄の電話は繋がらない。ふた駅先なので、「行ってきます」と言ってみたけれど、デスクは電話でいいと言う。黙ってその席から電話をかけ続けろ、と。しかし、電話はまったく繋がらない。

昼近くに旅行会社からファックスが入り、編集局は騒然となる。ツアー参加者の名簿に、あまりにも有名なプロ野球の元監督の名前があったからだ。まさかと思いながら僕は元監督の自宅に電話をする。ワンコールもしないうちに本人が出て、「何の用かね」と訊ねる。僕は冷や汗をかき、しどろもどろになる。元監督の顔写真を手配し、略歴をチェックし始めていたデスクは、住所のない名簿なんか送らせるなと怒鳴る。間の悪いことに、この時、デスクの直通に「亡《な》くなったのは有名なプロ野球の元監督さんらしいですよ」という電話が入る。かけてきたのは、もちろんパンダが大好きな女性記者だ。甲高い声なので、話し声が全部聞こえてくる。くわぁぁぁぁぁぁぁぁ。デスクは言葉にならないうめき声をあげて電話を叩《たた》き切る。それでも、すぐに後悔したらしく、「あとで彼女に謝っておいてくれないか」と僕に言う。この男は何でも頼めば済むと思っているらしい。

その直後に、庶務の女性が机の上にメモを置いていく。メモには「四時に総務局へ来てください」と書かれている。部内異動であれば部長に呼び出されるのが普通だ。何だろうかと思っているところへ、札幌支局から殺人事件の原稿が入る。札幌市郊外の民家から白骨化した死体が発見されたのだという。死体が見つかったのは高校の女性教師の自宅だ。原稿のチェックのために僕は札幌支局へ電話を入れる。この事件を担当していたデスクは僕の同期だった。話をするのは四、五年ぶりだったが、旧交を温めている間もなくチャイムが鳴り、締め切りの時間になる。

夕刊の降版を終え、僕はアルバイトのボーヤたちがいる席へ行く。彼らはコミック雑誌を読み、ウォークマンで何か聴いている。一人はジョー・ザビヌル、もう一人はスティーヴ・ウィンウッド、オウムにゲラを送ったボーヤはプロコフィエフを聴いていると話す。プロコフィエフだなんて、この男、やっぱり怪しい。何の根拠もなく、そう思う。

アミダで負けたボーヤがパン屋へ行くことになり、僕もついでにサンドイッチを注文する。夕刊の早刷りが届き、総務局の南さんが何部か取りに来る。南景子さんは二十四歳と三ヵ月、大手町のビアンカ・ジャガーと言われている。南さんの視線に遭い、僕はちょっぴり緊張する。彼女は代々木上原の一等地に住んでいる。父親はテレビ局の役員だが、「活字の方が好き」という理由で新聞社に入ってきたのだ。僕はそんな彼女を支持する。そして、実際に活字の方が優れているのだということを証明してみせたいと思う。消費されるだけの新聞記事ではなく、最高の物語を書くことによって。

南さんとはまだ一度も口をきいたことがない。二日前、千代田線の改札ですれ違った時に声をかけたら、彼女は驚いたような顔をして会釈《えしゃく》をした。そして、頬を赤らめて通り過ぎていった――ように思う。このところ南さんのことばかり考えている。といって、彼女を思って眠れないわけでもない。一九九四年、人を好きになることはますます難しくなっている。

ボーヤたちは投書をより分けていた。僕はサンドイッチを食べながら何通かの葉書を読んだ。何を慌《あわ》てているのか、ざっと見たところ半数近くが速達だ。

ただいま逃亡中です。事故を起こしてしまったのです。新聞を見たら、相手の人は三ヵ月の重傷でした。私の方はケガはありませんでしたが、これで何もかもがおしまいになってしまうだろうと思うと怖くて眠れません。いまにも神奈川県警の刑事がドアをノックするのではないだろうか。そう思うと気が狂いそうで、いても立ってもいられません。どうしたらいいでしょうか。

（横浜市中区・会社員・二十九歳）

番号が書かれていたので僕は横浜の自宅に電話をかけてみた。可愛《かわい》らしい声の奥さんが出て、「主人は先週からずっと出張です」と答えた。可哀相《かわいそう》に、丸ノ内線に飛び込んだに違いない。

3

総務局へ行くと、隣接する応接室へ通された。社長が対談などで使う部屋で、足を踏み入れたのは初めてだ。応接室には赤い絨毯《じゅうたん》が敷かれ、真新しい暖炉があった。この部屋の奥にはシャワー付きのベッドルームがあると聞いたことがある。

応接室のソファーには社会部長が腰かけていた。その横にはなぜか三条がいた。しばらくするとドアがノックされ、南さんがお盆に載せた紅茶を持ってきた。

「ミルクにします？　それともレモンになさいますか」

彼女は三条と僕にそう訊ねる。部長の好みがレモンティーであることは知っているらしい。三条がレモンティーにしたので、僕はミルクティーにした。南さんは記者志望だったと総務局にいる同期は話していた。それなのに彼女は夕刊を取りに来たり、紅茶を運ばされたりしている。こんな役回りのために採用されたのかと思い、僕は彼女のことがちょっぴり気の毒になる。

部長は角砂糖を勧め、最近、仕事の方はどうかと僕に訊ねる。楽しくやっていますと答えると、彼は三条と顔を見合わせて笑う。どう反応していいか分からず、僕も一緒になって笑った。

部長は煙草《たばこ》に火をつけ、いつものように最初の煙を真上に吐き出す。そして、「君は政治に興味はあるか」と僕に訊ねる。僕は頷《うなず》き、「とても興味があります」と答える。三条は笑い声をあげ、「初耳だよ」と言う。

「それは好都合だ。君には社会党の研究をしてほしい。社会党はなぜ大衆の支持を失ったのか。これをテーマにした連載だ。やれるかな」

「喜んでさせてもらいます。しかし社会党は、自民党と組んで政権に参加すると言われていますが」

「だからこそ、やるんだよ。いまになって自民党に尻尾《しっぽ》を振ったりして、それじゃあ、これまで社会党が主張してきたことは何だったのかということだ。そう思わないか」

「そう思います」

「君が書くのは政治部には書けない、社会部の切り口での社会党研究だ」

社会党はなぜ支持を失ったのか——答えは分かりきっている。時代が変わり、社会党を支持する人がいなくなったからだ。それ以上でも以下でもないはずだが、弱い者いじめはじっくりやろうということか。そうなると、まだ社会党が支持されていた頃のことを知っている人間を探さなくてはならない。

部長は、谷口さんに会って話を聞けと言う。谷口さんというのはメーデー事件を取材したという古株の元政治部記者だ。学生時代は左翼活動家として鳴らしたものの、その後転向して、いまでは道路も右側しか歩かないと言われている人物だ。一年ほど前に会社を離れ、最近はあまり顔を見せなくなっていたけれど、月刊誌にたまに署名記事が載っているから健在ではあるらしい。

「谷口さんには、もう君が取材に行くことを伝えてある。早速、連絡してみてくれ」

部長はそう言って、僕の前に番号が書かれたメモを差し出す。まだ警視庁クラブの引継ぎをしていないと告げたけれど、「そんなことは気にしなくていい」と言う。おかしな言い方だ、と僕は思う。少なくとも、部長らしくない言い方だ。そもそも部内異動のたびに、こんな面談がいちいちあるはずがない。僕は勧められた煙草を吸い、非礼にならない程度に部長の表情を観察する。部長は僕の目を見つめ返し、「君は政治部の野口君を知っているよね」と言う。

「野口とは同期だし、高校も一緒なのでよく知っています」

「高校の同級生だったのか」

「同じバスで通っていました」

「それは知らなかった」

同級生だったとはいえ、高校時代はさほど親しかったわけではない。というより、まともに口をきいたこともなかった。生徒会長をしていた野口は見るからに堅物で、いけすかない感じの男だった。しかし、いまはそうは思わない。

入社後、甲府支局に配属になった僕は、ある事件の関係者に会うために静岡へ出張したことがあった。その時、ちょっとした気紛《きまぐ》れから静岡支局にいた野口に電話をかけた。十二時過ぎにホテルに現れた彼は、「モエ・エ・シャンドン」を二本持ってきた。再会を祝って——野口は天井に向けてコルクを抜き、小さなコップにシャンパンを注いだ。

狭いホテルの一室で、僕たちは高校時代の思い出話をした。わずか二年の間に、彼はひどく変わっていた。どちらかといえば寡黙《かもく》な男だったのに、この夜はよく喋《しゃべ》った。二本目のシャンパンを開けた時、野口はこんなことを言った。

「何の用もないのに、先週、車で沼津港まで行ったんだ。毎日毎日、サツ回りでへとへとでさ。何だかもう押しつぶされそうな気分になって、そのまま車で海に突っ込んじゃおうかと思ったよ」

黙ったままでいたけれど、それを聞いて、僕も似たような気分で毎日をやり過ごしていることに気がついた。甲府支局は和気藹々《わきあいあい》とした雰囲気で、地元の警察署にいるのも親切な人ばかりだった。しかし、甲府はどんなところだったかと訊《き》かれても、うまく答えられたためしがない。警察の取材だけでなく、街ネタも拾わなければならなかったし、夏には高校野球の県予選の取材もさせられた。それなりに楽しんでいたつもりではいたけれど、自分の時間がないことが何よりも辛《つら》かった。

その夜、僕たちは朝の六時過ぎまで酒を飲んだ。泥酔《でいすい》した野口は、ドライブをしようと言い出した。思い留まらせるのにてこずったけれど、僕には彼の気持ちが分かるような気がしたし、これがきっかけで僕たちは電話をかけ合う間柄になった。

「野口君のところは、夫婦仲は円満なのかな」と部長は僕に訊《たず》ねた。

「よく分かりませんが、お知りになりたければ聞いておきましょうか」

「そうだな」今度は三条が言った。「ぜひ聞いておいてくれ」

「かまいませんが、どうしてでしょうか」

「ちょっと厄介な問題が起きてね」

部長は一つ咳払《せきばら》いをし、野口の妻が会社を長期欠勤しているのだと話した。そのせいかどうか、平河クラブで自民党を担当している野口も、最近ちょくちょく持ち場を離れるようになっているのだという。

野口は二年前に結婚していた。相手は静岡支局時代の後輩だ。とはいえ、奥さんとは年次が離れていたから、支局では一年くらいしか一緒にいなかったはずだ。

部長の話を聞いて何となく思い当たることがあった。地方採用でない限り、支局の勤務は大体五年間と決まっている。その後、本社で地方版の整理記者などをし、それぞれのセクションに配属になるのが普通だった。それなのに野口の妻は、この春、静岡支局から立川支局へ異動になっていた。めったにあることではない。結婚式の二次会で会った時、彼女も政治部に行きたいと話していたから、そのことが不満だったのではないかと思った。

4

翌日の夕方、僕は四谷にある谷口さんの事務所を訪ねた。谷口さんは作務衣《さむえ》を着て、何枚かのファックスに目を通していた。それは僕が署名で書いたインタビュー記事だった。

「驚きの連続だよ、君の文章は」

会うなり、谷口さんはそう言った。そして、一つひとつの文章のどこがどう気に入ったのかについて語った。それを聞いて、僕はこの老人のことが好きになった。自惚《うぬぼ》れの強い人間の一人として、僕もお世辞には弱い性質《たち》だった。

取材は四時に始まり、七時になっても終わる気配がなかった。僕は途中からテープレコーダーを使い、ブランデー入りの紅茶を飲んだ。谷口さんは七十歳に近いとは思えないほど血色がよく、雄弁な人だった。彼は日教組について語り、社会主義協会について語った。浅沼稲次郎《いねじろう》について語り終えると、「腹が減っただろう」と言ってハムエッグを焼き、江田三郎について語るといった具合だった。谷口さんが社会党を嫌っているのは確かだった。それでも彼は公平な人だという気がした。

「あの頃は、社会党の党大会へ行くたびに怖い思いをした。六、七人の党員に囲まれて、お前が生きていられるのもいまのうちだ、なんて脅されたものだ。大した迫力だった。でも、それを言う彼らの目は私には涙ぐんでいるように見えた。社会党というと、私はいつもあの時のことを思い出す。社会党員の中には、理想社会の実現ということを本気で信じていた者が大勢いたんだよ」

社会党は戦後民主主義の旗手だった、と谷口さんは言った。少なくとも、ある時期までの社会党はそう思われていたのだ、と。僕には信じ難い話だったけれど、それでも彼の語り口調には魅了された。とりわけ、取材の最後に聞いた話は僕の中にいつまでも消えない印象を残した。

「戦後民主主義というのは物がないところから始まった。物がなくて、あるのは理念だけだった。そのうち、物があふれてくると、今度は理念の具合が怪しくなってきた。社会党には理念があった。逆に言うと理念しかなかった。でも、理念がなくても経済は発展するし、実際に発展した。経済が発展すればするほど、理念は何だか古臭いもののように感じられてくる。自民党が理念の代わりに大っぴらに金を使い始めた頃にも、社会党はまだ理念にすがっていた。理念を持ち続けるというのは切ないことなんだ。社会党を糾弾するのは簡単だけれど、これだけは君に知っておいてほしい。戦後民主主義というのは、とても切ないものだったんだよ」

取材は八時過ぎに終わり、僕は勧められるままにブランデーを飲んだ。谷口さんは野口の話をした。抜け目のない野口は入社直後に谷口さんのもとを訪ね、政治記者を志望していると話したのだという。支局勤務時代にも、上京するたびにこの事務所へ寄り、政治の話を聞いていたらしい。谷口さんは、それが縁で野口夫妻の仲人《なこうど》を務めたと話し、結婚式の時の写真を見せてくれた。

野口の妻は白いドレスを着て微笑《ほほえ》んでいた。来賓の話を聞きながら泣いている写真もあった。結婚式の写真で見る限り、彼女はそれほど悪くなかった。というか、この時、初めて綺麗《きれい》な女だと思った。僕が知っている野口の妻は、これといって特徴のない、平凡な顔立ちの女だった。招かれて一度だけ西荻窪《にしおぎくぼ》のマンションへ行ったけれど、可もなく不可もなしといった印象しかない。広い世間にはもっと可愛らしい女が大勢いるし、そもそも新聞記者をしている女と結婚しようという気持ちが僕には理解できなかった。もっとも、女の趣味なんて当の本人以外には分かりっこない。学年一の秀才と言われた野口が選んだのだから、彼女にもそれなりにいいところがあったのだろう。写真を見ながら、ぼんやりとそんなことを思った。

結婚式は九段会館でしたらしかった。披露宴にはずいぶん金をかけたらしく、写真には自民党の代議士が何人も写っていた。谷口さんによれば、議員の秘書も大勢来ていたという。

「これが静岡支局長の大槻《おおつき》だ。野口君の奥さんの上司だった男だよ。この男、ボヤを出したと話していた」

谷口さんは、マイクの前で話をしている男の写真を指差して言った。

「ボヤを?」

「結婚式の少し前に、ベランダのあたりが燃えたらしい」

谷口さんはしばらく大槻という記者の話をした。僕は不思議な気分でブランデーを飲み、テーブルに置かれていた自分の記事を手に取った。ファックスの発信元には「ソウムキョクジンジブ」とあった。横書きのカタカナ文字を見ながら、僕は野口と最後に飲んだ夜のことを思い出した。去年の秋のことだ。娘が生まれたばかりだというのに、野口はさほど嬉《うれ》しそうに見えなかった。

「結婚式の時に初めて会ったけれど、大槻というのは気持ちのいい男だった。君も彼に会えばきっと好きになるよ」

谷口さんは大槻に誘われて、安倍川《あべかわ》沿いにある温泉に出かけたと言った。この春のことらしい。

職業柄、新聞記者はあまり直截《ちょくせつ》な物言いはしない。大前提として、分かっているだろうというのがあるからだ。大事な話でも、ほのめかす程度のことしか口にしない。そのせいか、駆け出しの頃は毎日試されているような気がしたものだけれど、いまではもう慣れっこになっている。谷口さんは、大槻に会えと言っているのだ。

5

静岡市に来たのは二度目だった。約束した時間には間があったので、静岡県庁まで歩くことにした。梅雨の晴れ間の、気持ちのいい午後だった。静岡県庁は駿府城址《すんぷじょうし》公園のすぐそばにある。そこからなら静岡支局も近い。僕は県庁のロビーでコーヒーを飲み、三時きっかりに支局へ電話を入れた。

大槻は五分もしないうちに一階のロビーに現れた。黒ぶちの眼鏡をかけ、紺のブレザーを着ている。五十代の半ばなのに髪の毛はもう真っ白だ。白と黒のコントラストがどこか司馬遼太郎《りょうたろう》を思わせる。僕は東京駅で買ったクッキーの詰め合わせを渡し、支局の様子を訊ねた。大槻は快活な笑みを絶やさない、話の分かりそうな男だった。

「ひとまず、ここを出ないか。せっかくこうして会ったんだから、もう少し静かなところで話そうや」

大槻は県庁の前でタクシーを拾い、運転手に事細かに行き先を指示した。仕事は当番のデスクに全部任せてきたと言う。彼は彼なりに、この日の段取りを考えていたようだった。

「社会部ってのは大変だよなあ。警視庁を三年やったのか。くたびれただろう。俺が案内するから、よかったらここで少し休んでいくといい」

大槻は車中でそんなことを言い、問わず語りに自分の話をする。若い頃は俺も社会部にいたけれど、希望して静岡支局へ来てもう十二年になる。元々焼津《やいづ》市の生まれで、最近、両親と住んでいる家を建て替えたばかりだ——といったようなことを。

タクシーは郊外へ向かい、安倍川のほとりを四、五分走ったところで停まる。小さなビニールハウスがいくつもあり、その周囲を囲むように紫陽花《あじさい》が咲いていた。用水路のせせらぎが聞こえ、遠くの方から芝刈り機の音が低く聞こえた。

「少し歩こう。この先は道が細くて車が入れないんだ。不便だけれど、その分、静かでいいところだよ」

大槻のあとについて、僕は畑に挟まれた小道に足を踏み入れた。用水路沿いをしばらく行った先に木造の古い平屋が等間隔で何棟も並んでいた。どの家も同じ造りなので、何本か角を曲っているうち、どこをどう歩いているのか分からなくなった。大槻はそのうちの一軒の前に立ち止まり、細長い旧式の鍵《かぎ》でドアを開けた。

「ここは死んだ伯父が住んでいた家だ。一昨年までたまに泊まっていたけれど、いまは資料置き場にしている」

大槻はエアコンのスイッチを入れ、小さな冷蔵庫からペットボトルの麦茶を取り出した。僕たちは六畳間で麦茶を飲み、クッキーを食べた。奥の部屋には書棚やロッカーが置かれ、足の踏み場もないほどだ。大槻はその部屋へ入り、書棚から大ぶりのファイルブックを持ってきた。

「これを見ろ」

彼はビニール製のファイルブックを開き、県版の記事の切り抜きを指差した。冒頭に炎のイラストがあり、それに続けて書かれた火事の記事だった。繁華街の小料理屋が半焼したらしい。特にどうということもない、いわば埋め草のようなベタ記事だ。他にも似たような火事の記事がファイルされていた。どれもボヤか、せいぜい半焼程度で怪我人《けがにん》もいない。最初のページには、そんな記事が七件ファイルされていた。記事はどれも四年前のものだった。

次のページにも火事の記事がファイルされていた。今度は三年前のものだ。静岡市郊外の雑居ビルが焼け、警備員が軽い火傷《やけど》を負ったとある。前のページにファイルされていた記事よりは長めで、現場の状況や類焼の程度などが細かく書かれていた。大槻は写真付きの五段の記事を指差した。炎上する木造家屋と消火用のホースを構えた消防士が写っていた。午後九時過ぎに出火して一時間あまりで全焼したとある。火元となったのは海岸に近い民家だ。元漁師の家で、そこに住む老夫婦は旅行に出かけていて留守にしていたらしい。家の構造や出火場所などについても、かなり詳しく報じられていた。この火事については他紙の記事もファイルされていた。どこもベタ記事扱いで、写真を載せている社はなかった。

ページをめくると二年前に起きた三件の火災の記事がファイルされていた。そのうちの一件は無人の倉庫が全焼したことを報じたものだ。これにも写真があり、キャプションには「読者提供」とあった。消防士が到着する前に撮られたらしく、燃えている倉庫だけが写っていた。午後八時頃に出火して、鎮火までに四時間近くかかったとある。記事には出火場所の地図も添えられていた。目算では支局から十キロは離れていそうな場所だった。

「ここにファイルされているのは、どれも山口君が書いたものだ」と大槻は言った。

山口というのは野口の奥さんの旧姓だ。ファイルブックには彼女の履歴書のコピーがあった。山口亮子。国分寺市の生まれで、高校時代にカナダへ短期留学したとある。趣味はスキーと読書。既往症なし。性格は明朗活発——これについては僕の印象とは違っていた。僕が知っている野口の妻は、口数の少ない痩《や》せぎすの女だった。

ファイルには大小あわせて十二件の火災の記事があった。日付を見ているうちに、あることに気がついた。四年前のボヤの記事は別として、それ以降の火事はどれも土曜日の夜に起きていた。大槻によれば、野口の妻はその頃から県政の担当をしていて、役所が閉まっている土曜日は基本的に非番だったという。

「もちろん、県政の担当が火事の記事を書いたってかまわないさ。県版はいつだってネタ不足だから、むしろ有り難いくらいだ。でも、現場の写真まで持ってくるなんて、ちょっとおかしいと思わないか」

「そうですね」と僕は答えた。ちょっとどころか、かなりおかしい。

「二年前のちょうどいま頃、野口が久しぶりに静岡へ来た。山口君と結婚するというので、少し気になってこのファイルを見せたんだよ」

「野口は何て？」

「その時は黙っていた。でも、俺がした話を彼女に伝えたんだと思う」

「どうしてそう思うのですか」

「どうもこうもないよ。野口が東京に戻って何日かしたら、ベランダの前に置いていた段ボールが燃やされたんだ。すぐに消したから大事には至らなかったけれど、気がついた時はもう窓の外が真っ赤でさ。これまでの人生で、俺は二度心臓が止まりかけた。最初は目の前で息子が車に轢《ひ》かれそうになった時で、二度目があの時だ」

その時の焼け焦《こ》げが残っていると聞いて、僕は外へ出てみた。ベランダの脇《わき》には大きなベニヤ板が立てかけられていた。ベニヤ板をずらすと、焼け落ちたモルタルの周囲が黒焦げになっていた。ベランダの真下も黒くなっていて、サッシの窓枠の一部は高熱で変形していた。

「よく消し止められましたね」と僕は言った。

「おかしな臭《にお》いがしたし、庭に水道の蛇口があったからね。火を消した時は、もうずぶ濡《ぬ》れになっていた」

「ベランダの下あたりに火種を放り込まれたのですね」

「そこにも放り込まれたし、玄関の前にも焦げた新聞紙がいくつか落ちていた。それがね、全部うちの新聞だったんだよ」

「彼女がやったという証拠はあるのですか」

「次の日、消防署を回って調べてみた。少なくとも、ファイルにあるうちの三件に関しては、一一九番通報してきたのは若い女だということが分かった。もちろん、それだって何の証拠にもならない」

「大槻さん、結婚式の時にいまの話を谷口さんにしましたね」

「おいおい、俺を告発者に仕立て上げるつもりか。よしてくれ。俺は訊《き》かれたから話しただけだよ」

「谷口さんの方から訊いてきたのですか」

「ああ、支局で何か変わったことはなかったかとしつこく訊かれた。あの人、二ヵ月前にわざわざ静岡にまで来たんだよ。これは俺のカンでしかないけれど、立川でもきっと何かあったんだよ」

僕は部屋に戻り、ファイルされていた記事を読み返した。そして、もう一度、野口の妻の履歴書を眺めた。

僕も火災現場に駆けつけたことくらいはある。渋谷署のクラブにいた頃、道玄坂のビルが燃えていると聞いて、カメラを持って現場まで走ったのだ。大した火事ではないと分かっていたけれど、それでも必死になって走った。他紙の記者が走っていたからだ。彼らにしても事情は一緒だったと思う。

大槻は冷蔵庫から缶ビールを取り出してきた。彼はそれをジョッキに注ぎ、「せっかくだから、乾杯しよう」と言った。

「ええ。でも、何に乾杯しましょうか」

「そうだよなあ、何に乾杯しようか」

乾杯することを思いつかないまま、僕たちはとりあえず乾杯した。大槻はひと息で飲んでみせると言って、実際にそうした。それを見て、こんな男のいる支局なら、もう一度、最初からやり直してもいいと思った。もちろん、そう思っただけで実際にはまるでやる気はなかったけれど。

「車に轢かれそうになった息子さんはどうしているのですか」と僕は訊《たず》ねた。

「パッとしない大学を出て、パッとしない商社に就職して、いまはスリランカにいる。去年の夏、息子のところへ行ってきた。スリランカっていうのは、なかなかいいところだった。君にもお薦めするよ。きっと気に入ると思う」

それから、大槻はスリランカの話をした。インド半島の南にある島で、海と浜がとてもきれいなのだ、と。スリランカは第二次大戦後にイギリスから独立した仏教国で、かつてはセイロン、その前はセレンディップと呼ばれていたらしい。インドに近いから、ヒンズー教徒もかなりいるとか、そんな話だった。

僕たちはロング缶を六本飲んだ。大槻は、「このビールは今朝買ったんだよ」と言った。君と一緒に飲もうと思って、出勤前にこの部屋へ寄って冷蔵庫に入れておいたのだ、と。

「不思議だよ。この年になると無性に若い人と飲みたくなるんだ。支局にいても、仕事が終わったら誰か誘ってくれないかな、なんて思ったりしてさ。若い人たちにとっては迷惑な話だろうけれど」

「僕はもう若くはありませんよ」

「俺から見れば若いうちに入る。野口もそうだ。野口とは同期なんだってな。いつか三人で飲みたいな。まあ、そんな機会があればの話だけれど」

ビールがなくなると、僕たちは封を切っていないブランデーを開けた。二ヵ月前に谷口さんが持ってきたという「クルボアジェ」だ。大槻は台所ですすいできたジョッキにブランデーを注ぎ、「今度は何かに乾杯しようよ」と言った。僕は頷《うなず》いてジョッキを掲げたけれど、相変わらず何に乾杯すればいいのか分からなかった。

6

野口のマンションは西荻窪駅の南口から歩いて十分くらいのところにある。前に訪ねた時の記憶ではそうだった。特徴のない住宅街の真ん中で、一度訪ねたくらいではなかなか辿《たど》り着けない場所だ。

住宅地図のコピーを頼りに、いくつか角を曲っているうちに五日市街道に出た。街道沿いのマンションではなかったから道を間違えたようだ。僕は駅の方へ引き返し、途中のコンビニで道を訊いた。小学校の近くだという店員の説明を聞いて、ある記憶が蘇《よみがえ》った。

「こんな学校には自分の子供を通わせたくないよな」

マンションのベランダから小学校の校庭を眺めていた時、野口がそう言ったのだ。

それを聞いて、ぼんやりとした違和感を覚えた。というのも、僕はまさに「こんな学校」に通っていたからだ。野口の部屋は、その小学校のすぐ裏手にあった。「通学路」と書かれた通りを少し行くと小学校の正門の前に出た。校庭の向こう側にあるこげ茶色の建物が野口のマンションだ。かなり豪華なマンションで、小さな公園が併設されている。七月半ばの蒸し暑い午後で、公園には人っこ一人いなかった。

野口はマンションの入口の前で僕を待っていた。グレーのポロシャツを着て、裾《すそ》がほつれたジーンズを穿《は》いていた。僕たちは片手を上げ、無言で頷き合った。

野口の部屋は四階で、エレベーターを降りると遠くに新宿の高層ビル群が見えた。3LDKの部屋には誰もいない。リヴィングのテーブルに置かれていたアイスティーは、グラスの氷が溶けて豆粒大くらいになっていた。僕は遅れたことを謝り、駅前の店で買ったワインをテーブルに置いた。

「社会党の取材をしているんだって？」と野口は言った。

「うん。この前、谷口さんに会って話を聞いたよ」

「そうだってな。でも、首相官邸と自民党しか担当していない俺に社会党の話を聞くのはお門違いじゃないのか」

「言われてみればそうだな」

「まあ、知っていることなら話すけどさ」

野口は何人かの社会党議員の名前を挙げ、彼らに話を聞いてみればいい、と言った。全員、二世議員だから父親の世代の話も聞けるだろうから、と。その上で、社会党史の編纂《へんさん》にかかわった職員の連絡先を教えてくれた。編纂はされたものの、その党史は陽の目を見なかったらしい。理由を訊くと野口は苦笑した。

「あまりにも本当のことが書かれていたからだ。本当の話っていうのは、やっぱり具合が悪いよな」

「この人、うちの取材に応じてくれるかな」

「谷口さんの紹介だと言えば応じる。活字にできないような話をたくさんするよ」

「谷口さんと親しいのか。それはちょっと意外だな」

野口は舌打ちをし、分かってないなあ、とつぶやく。「そいつはスパイなんだよ」

「スパイ？」

「そう、誰かさんと一緒でさ。今日は女房のことで来たんだろう？」

「それもある」

「それもある、か。いい返事だ。まあ、いい。久しぶりだからビールでも飲もう。一緒に飲もうと思って、ちょっと珍しいビールを買っておいた」

「何というビール？」

「ケストリッツァー・シュヴァルツ」

「聞いたことがないな」

「ゲーテが好きだったビールだ。お前、いつか自分の本を書くと言っていただろう。その話を思い出してこれにした」

野口は冷凍庫から取り出したグラスにそのビールを注ぎ、「女房が立川署から事情聴取を受けた」と言った。僕は黙ったままで頷いた。

「大槻さんに会ったんだって」

「会ったけれど、その話はしていなかった」

僕たちは無言で乾杯した。ケストリッツァー・シュヴァルツは、甘くて苦い黒ビールだった。ベランダにはベビー服や肌着が干されていた。

「娘は？」と僕は訊ねた。

「さっき、託児所へ預けてきた。女房は実家に戻っている」

僕は壁に飾られていた写真を見た。野口の妻に抱かれた娘は泣いているようにも見えるし、微笑《ほほえ》んでいるようにも見える。

「これから、どうする？」

「ここを出て、静かな場所で子供を育てる」

野口は電話機の横のラックから封書を持ってきた。中には九州の新聞社の採用通知が入っていた。子供を育てるにはのんびりしたところの方がいい、と彼は言った。のんびりとしていて、あったかいところが一番だ、と。それを聞いて、大槻がしていた話を思い出した。スリランカの人間なら誰でも知っている話だが、と前置きして、彼はセイロンの王子たちの話をした。こんな話だった。

その昔、セレンディップと呼ばれていた頃、セイロン島には三人の王子がいた。彼らはいつも失《な》くし物ばかりしていた。ある時、王に命じられ、三人はペルシャへの旅に出る。何が目的の旅なのか、大槻の話はこのへんはかなり曖昧《あいまい》だ。ともあれ、旅先でもあまり事情は変わらなかった。王子たちはまたしても失くし物をし、やはり見つけ出すことができなかった。その代わり、旅先で起きる事故や偶然から、彼らは次々に思いがけない発見をしていく。どんな発見をしたのかは大槻もよく知らないようだったけれど、彼はこの寓話《ぐうわ》から「セレンディピティ」という造語が生まれたのだと教えてくれた。それは偶然から何かを発見する才能を意味するのだが、日本語にはうまい訳語がないのだという。

セイロンの王子たちの話をした後、大槻はこんなことを言った。

「スリランカは、息子がたまたま入った会社で、たまたま行かされた国だ。そんなことでもなければ、俺もあの国へは行かなかったと思う。人生なんて、偶然の出来事の連続だよ。でも、いまはその偶然に感謝している。定年退職したら、この寓話を日本に紹介したいと思っているんだ。生涯で一冊の本を残せたら、俺はそれで満足だよ」

黙って聞いていた野口は、「大槻さんらしいな」とつぶやいた。「いかにもあの人らしい」

「何時間か一緒にいて、俺はあの人のことが好きになった」

「俺もそうだよ。支局にいた頃は、ずいぶん助けてもらった。それなのに、俺は大槻さんみたいにはなりたくないと思っていた。自分にはもっと色々なことができると思っていた」

「若いうちは誰だってそうだ。みんな何かになろうとしていたし、何かができると思っていたじゃないか」

「うん、そうだった」

僕はピスタチオを食べ、ケストリッツァー・シュヴァルツを飲んだ。飲みながらゲーテのことを考えた。いつか『ファウスト』の一節を引用した本を書こう——そう思ったのは、もう何年前のことだろう。

「ひとつ訊いてもいいかな」と僕は訊ねた。

「ああ、何だ？」

「彼女のどこに魅《ひ》かれた？」

「まるで何の魅力もないみたいな言い方だな。まあ、いい。昔のよしみで許してやる。簡単なことだ。彼女は会うたびに俺を励ましてくれた」

「どんなふうに？」

「あなたは素晴らしい。あなたは他の人たちとは違う。あなたなら望めば何にだってなれるし、何だってできる。彼女は毎日毎日、そう言ってくれた。俺にはそれが何よりも嬉《うれ》しかった。支局を離れてからは毎日のように手紙が来た。一通だけ、お前に見せよう。この手紙はもう百回以上読んだ」

野口は隣の部屋からその手紙を持ってきた。淡いブルーの便箋《びんせん》にはこう書かれていた。


意に沿わないことをしていると誰でも気が滅入《めい》るものよ。矛盾とまやかしばかりのこの世界で、あなたが落ち込む必要はない。形のあるものを得て喜んでいるだけの人は、大切なものを失くしていることに気づきもしないのだから。そういう人を待ち受けているのは後からくる大きな喪失感だけよ。

信じていることのために生きるのでなければ人生なんて何の価値もない。初めて二人で話した夜、あなたはそう言っていたではないですか。私はそんなあなたをとても頼もしいと思いました。

くじけそうになった時は、三歩あるいて空を見上げて。この世の中を支配しているもののちっぽけさがよく分かるから。その時、ほんの少しでいいから私のことを思い出してください。

短い間ではあったけれど、静岡であなたと一緒に過ごせた偶然に感謝します。

自分を励まして、勇気づけてくれる女がいること。あなたは誰よりも優れているし、あなたなら何にだってなれる。そう囁《ささや》き続けてくれる女がいること——その思いに励まされて今日までやってこれたような気がする、と野口は言った。

「そんな女にいつもそばにいてほしいと思った。だから彼女と結婚したし、いまは何があっても彼女を守っていこうと思っている」

僕はその手紙を二度読んだ。それから、これを三条にどう説明しようかと思った。二、三日前から、「あの件はどうなった?」とうるさくせっつかれていたし、そろそろ報告をしなければならない頃でもあった。

「どうかしたのか」と野口は言った。

僕は三条のことを話し、彼に関するエピソードをいくつか教えた。

「俺たちはもう会社へは戻らない。その男にそう伝えてくれ。そいつは、それで満足するだろう」

野口は静岡支局時代の写真を見せてくれた。大槻の自宅で結婚記念日の祝いをした時に撮った写真だという。それには野口の妻から花束を受け取っている大槻夫妻が写っていた。

「大槻さん、他にどんなことを言っていた？」

「いつか三人で一緒に飲みたいと言っていた」

「それだけか」

「それから、こうも言っていた。野口を守ってやってくれって」

「そうか」

僕は煙草《たばこ》を吸うためにマンションのベランダに出た。校舎の影が、すぐ目の前に落ちていた。校庭には女の子たちがいて、ビーチボールを使ってバレーをしていた。そのうち、野口がビール瓶を手にベランダに出てきた。半分ほど飲んだ時、小学校のチャイムが鳴った。五時になったのだ。

チャイムを聞いて、野口は急に慌《あわ》て出した。五時に迎えに行くと託児所に約束したのだという。僕たちはひと息で残りのビールを飲み干し、彼の娘を迎えに行くために急いでマンションを出た。

1989、東京

1

私は旧《ふる》い家の生まれだった。生家には乳母がいたし、五歳の誕生日には祖母の友人だった秩父宮《ちちぶのみや》妃がお祝いに来てくれた——というか、あとになって祖母からそう聞かされた。

高貴な家柄の人が訪ねてくれたことが自慢だったらしく、この時に撮った写真は大きく引き伸ばされ、長い間、応接室の壁に飾られていた。写真の中心にいる女の子は、腰のあたりまでありそうな髪をとんがり帽子のように高く編み上げ、何かに驚いているみたいに両目を見開いている。それが五歳になったばかりの私だ。

私たちは檜《ひのき》で造られた三階建ての家に住んでいた。私たち、というのは祖母と両親、私と弟、それに紀江の他に何人かいた使用人のことだ。その家は、細長い上にひどく入り組んでいた。戦災で一部が焼け、祖父と父が庭を迂回《うかい》する形で増築を繰り返した結果、そんなふうになったのだと聞いた。焼け残った母屋《おもや》は古い造りで、南北に設けられた階段は上り下りするたびにミシミシと苦しそうな音を立てた。家が悲鳴を上げているような気がして、私はいつも階段の端をゆっくりと歩いた。それなのに、五つ年下の綱隆《つなたか》はお構いなしに家中を走り回っていた。そのことで何度となく弟と口論したものだけれど、最後には一緒にかくれんぼをすることで和解した。そう、私たちはよく一緒にかくれんぼをした。思えば、紀江の秘密を知ったのもああしたかくれんぼの最中だった。

紀江は祖母のお気に入りだったから、来客がない午後はいつもお茶の相手をさせられていた。私もたまに祖母の部屋に呼ばれ、紀江と一緒に彼女の思い出話に耳を傾けた。といっても子供だった私は会話の内容が理解できず、退屈しのぎに古いアルバムを眺めて過ごすのが常だったけれども。

家紋の入ったアルバムには、戦前に撮影された家の写真が何枚も貼《は》られていた。中に一枚、空撮された写真があって、私はいつも圧倒されるような思いでその写真に見入ったものだった。敷地のあちこちに馬小屋が何棟もあり、森と見まがうばかりの庭には柵《さく》を備えた幾筋もの小道が走っている。その小道は乗馬用のコースになっていたのだと祖母が教えてくれた。祖父は戦時中、軍馬の買いつけをしていた人で、戦後も亡《な》くなるまでの短い間、馬事協会の仕事をしていたのだという。

「そのせいで、あなたのお父さんは馬屋の息子と馬鹿《ばか》にされていたのですよ」

祖母は笑いながらそう話していた。どうして馬屋が馬鹿にされなければならないのか、私には理解できなかったけれど、広大な敷地がなくなってしまった理由の方は見当がついた。

紀江を相手に、祖母はよく税金の話をしていた。終戦になって新しく課せられた税金を払うために周辺の地所を売り払うと、あとにはごくわずかな土地だけが残され、あたりには目障《めざわ》りな家が建つようになった――祖母はいつもそうこぼしていた。でも、それは本当に古い時代の話で、祖母が亡くなる頃には立派な家々が建ち並び、目障り目障りになっていたのはむしろ我が家の方だったかもしれない。

曾祖父《そうそふ》が建てたはずのその家を、私たちが借りていることを知ったのは中等科一年の冬――祖母が亡くなる少し前のことだった。私の記憶では、祖母が亡くなった直後から使用人が一人減り二人減りして、中等科を終える頃には、とうとう誰もいなくなってしまった。中には無給でかまわないから残りたいと申し出てくれた人もいたけれど、残ってもらうにしても彼に住んでもらう場所がなかった。

その家は関西の実業家に買い上げられ、神戸の山間に移築されたと聞いた。両親は家がなくなるのを見せたくなかったらしく、しばらくの間、私と弟は親戚《しんせき》の家に預けられた。退屈な日々が過ぎ、ようやく家があった場所へ戻ってみると、建物は一部を除いて見事になくなっていた。この日のことはよく憶《おぼ》えている。大規模なゼネストがあった日で、私は十五歳、弟は十歳になったばかりだった。綱隆はもうかくれんぼができないと言って泣き、そんな弟の肩を抱いている母を見て私も泣いた。私たちは、そんなふうにして生まれ育った家を失《な》くした。

いまでも、あの家があったあたりを通るたびに色々なことを思い出す。なだらかだった丘陵地は整地され、正門から連なっていた桜並木は跡形もない。ちょうど母屋があったあたりの上を首都高速が走り、周囲には何棟ものビルやマンションが建ち並んでいる。

そこには昔を偲《しの》ばせるものは何も残っていないけれど、あの家で紀江と過ごした日々は私の記憶に深く刻み込まれている。気がつけばいつもそばに紀江がいたし、彼女なしでは私はどこへも行けなかった。目を閉じれば、いまも紀江の姿が蘇《よみがえ》ってくる。一度でも彼女に会えば、誰だって忘れられないはずだ。

紀江はあの時代の女にしては背が高く、一六五センチくらいあった。下顎《したあご》を引いた、どこか挑戦的な頭のかまえ方や、生まれついてのものだという前頭部の白髪が彼女の個性を際立《きわだ》たせていた。勝気で物怖《ものお》じしない紀江は、私にとって頼りになる姉のような存在だった。わけも分からぬままに放り込まれた人生最初の師であり、年の離れた友人でもあった。紀江がいなくなった時は、この先、どう生きていけばいいのか見当もつかなかった。佐賀の実家には何通も手紙を出したし、実際に訪ねもしたけれど、彼女は実家にさえ何の連絡もしていなかった。

いくつもの謎《なぞ》を残したまま、紀江はある日突然、私たちの前から姿を消した。もっとも、その時点ではまだ謎という言葉を使うのは強すぎたかもしれない。どうして結婚しようとしなかったのか。化粧もあまりせず、祖母が勧める縁談にも興味を示そうとしなかったのはなぜなのか——こうした疑問は、多少なりとも魅力的な独身女には必ずついて回るものだから。

「あの人は同性愛者よ」

中等科に進学して同じクラスになった同級生は、初めて紀江を見た時、私にそう耳打ちした。梨園《りえん》で育った彼女は「立役《たちやく》」という言葉を使った。それは女形に対して俳優全般を差す言い方で、つまりは男役なのだ、と。私はその話に何か空恐ろしいものを感じ、それまでとは少し違った目で紀江を見るようになった。紀江はそうしたことに敏感だったから、いつもなら口実を作って私を誘い出し、何があったのかを聞き出そうとしていたはずだ。でも、この時期に彼女からどこかへ誘われた憶えはない。紀江は、そんなことにかまってはいられなかったのだ。

紀江がいなくなった日のことはよく憶えている。私の記憶では、あの同級生から奇妙な話を聞かされたのは中二の秋。それから一ヵ月もしないうちに彼女は私たちの家を出ていった。

その日、学校から戻った私は南階段の踊り場に何人もの使用人がいるのに気がついた。人だかりがしていたのは紀江の部屋の前だった。

各階の踊り場には、大ぶりの台に載せられた花瓶や壺《つぼ》が置かれていた。その台は引き戸の役割も兼ねていて、台を引いた先が使用人たちの部屋になっていた。使用人たちの間には一つの符牒《ふちょう》があった。例えば紀江が「翡翠《ひすい》におります」と言えば、それは翡翠の置物の先にある自室で休んでいるという意味なのだ。人だかりがしていたのは、その翡翠の置物の前だった。

当時、友納という名の使用人がいた。祖父の代から仕えていた友納は、耳が遠かったせいか、とても地声の大きな人だった。母が彼を嫌っていたのはそのためだし、母とはまた別の理由から私もこの老人のことをあまり好いていなかった。最年長の友納は使用人たちを取りまとめる立場にあった。前の晩に外泊をした紀江が昼過ぎになっても戻らないことから、友納が使用人たちを集め、紀江を見なかったかと一人ひとりに訊《たず》ねていたのだ。彼らは紀江の部屋の合鍵《あいかぎ》を探していた。私は三階の廊下からその様子を窺《うかが》った。父が帰ってきたことで騒ぎはいったん収まったものの、夕方近くになって、また踊り場に人が集まってきた。

その日は土曜日で、ピアノのレッスンがある日だった。私は紀江の運転するヒルマンでレッスンに通っていた。駐車場には白いヒルマンが停まっていたし、紀江が時間を忘れるはずはないと思ったから、私は支度をして四時前に部屋を出た。

南階段の踊り場には腕組みをした母が立っていた。そこには相変わらず友納がいて、何人かは部屋の中に入っているようだった。紀江がもう戻ってこないのかもしれないと思ったのはこの時だ。

「今日のレッスンはお休みになさい」と母は言った。「紀江さんは叔母さんのお宅へ行っていて、まだ戻っていないのですよ」

「いつ戻るのですか」

「明日か明後日には戻ります」

母は自分に言い聞かせるように言った。私は黙ったままで頷《うなず》いたけれど、色々な意味でひどく傷ついていた。母が私に嘘《うそ》をついたのはこの時だけだったと思う。

翌日になっても紀江は戻らなかった。彼女は水曜日ごとに休みを取り、月に一度は仙台坂に住む叔母さんの家へ泊まりに行っていた。事情を知った父がそこへ使いを出そうと提案したけれど、誰一人として正確な住所を知っている者はいなかった。捜す当てもないまま、大人たちは紀江の出奔についてあれこれと噂《うわさ》していた。会話の断片から、この時、初めて蒸発という言葉の意味を知った。蒸気みたいに、人間も突然消えてしまうこともあるのだ、と。

四、五日して騒ぎがひと段落した頃、中央郵便局の消印のある手紙が私のもとへ届いた。飾り気のない便箋《びんせん》には、紀江らしくもない乱れた文字でこう記されていた。

私は御宅を離れることに致しました。色々と迷った末のことです。これまで随分よくしてもらったのに、急なことでご挨拶《あいさつ》もできず申し訳なく思っています。大奥様の三回忌まではご奉公したいと考えて参りましたが、それもかなわなくなりました。いまは自分のことだけで手一杯なのです。どうか分かってください。

いくつか守ってほしいことがあるので書いておきます。簡単なようでいて難しいことです。ご家族やお友だちを大切にすること。他人のことは詮索《せんさく》しないこと。他の人に振り回されることなく、自分自身の人生を生きること。そのためにはどうすればいいのか、時間はたっぷりあるのだから、よく考えてみてください。それとも一つ、けして私の真似《まね》はしないこと。私は馬鹿な女だから、この馬鹿な女の名前を借りて投函《とうかん》します。

遠くから、伊都子さんのことをいつもいつも見守っています。そのことをどうか忘れずにいてください。

日置紀江

松平伊都子様

封筒の裏に住所はなく、差出人としてあの同級生の名前が記されていた。

三日後、同じ差出人名でもう一通の手紙が届いた。封書には新潟市内の郵便局の消印が押されていた。今度は説教めいたことは何も書かれておらず、いつも通りの端正な楷書《かいしょ》で、新潟までのドライブが楽しかったこと、ホテルの窓から見える紅葉が美しいことなどが記されていた。紀江は上機嫌な様子で北原白秋の一節を引用し、ある女優の名前で部屋を借りているのだと書いていた。この手紙には追伸があった。内緒ですが、とした上で、もうじき三ヵ月になります、と。

もうじき三ヵ月になる——その部分を何度読み返したかしれない。

私は三ヵ月前のことを思い起こして、その頃にあった出来事をノートに書き出してみた。夜中に起き出して使用人たちがつけていた日誌をメモし、どんな些細《ささい》なことも見逃さないようにした。それまでの紀江は水曜日にしか休みを取っていなかったのに、出奔するまでの三ヵ月間に二十日以上も仕事を休んでいた。外泊する時はいつも仙台坂に住む叔母の家に行くと話していたようだけれど、友納が実家に問い合わせたところ、そんな叔母はいないことが分かった。一つひとつの可能性を消去して、私はようやく二通目の手紙でほのめかされていたことの意味を知った。

それから年が明けるまでの二ヵ月間は、ほとんど眠れなかった。私はその半年前にようやく初潮を迎えたばかりで、弟以外の男の子とはまともに口をきいたことさえなかった。それなのに紀江は知らぬ間にどこかの男と恋仲になり、その男の子供を宿し、私を捨てて駆け落ちしたのだ。

紀江の部屋は暮れの大掃除の時に片づけられ、物置になった。いつの間に荷物を運び出したのか、部屋の中はもぬけの殻で、小さな文机《ふづくえ》の上に両親と古株の使用人に宛《あ》てた三通の手紙が置かれていた。その手紙を見たわけではないけれど、母の説明によればそういうことだった。手紙には感謝と謝罪の言葉が書き連ねられていたものの、家を出た理由については一言も触れられていなかったと聞いた。

年明けに都心の病院へ連れて行かれた私は、「自律神経失調症」と診断された。医者は窓の外でかさこそと風に揺れる木の葉を指差し、心配顔の母に「いまはこんな状態です」と告げた。以来、ずっとその症状が続いている。紀江のせいで、この年になっても私は未《いま》だに自分を律することができずにいる。

私の記憶にある紀江は三十歳くらいの女だった。正確な年齢は誰も知らなかったし、彼女も言おうとしなかったから類推するしかなかった。ある時、「紀江にはまだ色香が残っている」と伯父が話しているのを聞いて、植民地時代の台湾で生まれ、まだ色香が残っているのなら三十歳くらいなのだろうと見当をつけたまでだ。中学生だった私にとって、三十歳というのはかなりの年だった。でも、三十の女を年寄りのように思ったことをいまでは少しおかしく思う。

先月、私は四十歳になった。この年齢は二十年前の私には絶望的なものに思えていた。いまだって多少はそんなところがある。毎朝、自分はもう四十歳なのだという思いに驚いて私は目を覚ます。じきにその驚きから覚め、息子の朝食を作らなければならない時間だと気づいて起き出し、徐々に新しい年齢に馴染《なじ》む。私はそんな年の取り方をしてきた。

「女盛り」という言い方があるけれど、あれはきっと、年増女《としまおんな》を励ますために年増女が発明した言葉なのだと思う。誕生日には思いがけずプレゼントをいくつか受け取り、同僚の花崎さんからは「女盛りね」と声をかけられた。それが嫌味に聞こえなかったのは、彼女もまた励ましを必要とする年になっていたからだと思う。

病弱だった母を見て育ったせいか、子供の頃は四十歳にもなればきっと身体《からだ》の節々が痛むのだろうと思っていた。でも、そんなことはない。痛んでいるのは心の方だ。

2

独身の男性なんてたくさんいるし、機会に恵まれなかったはずはないのだけれど、恋人が欲しい、結婚したいと思いながら独り身でいるのは「あなたの心根がよくないから、お相手が現れないのよ」と生前、母はよく私に言っていた。

確かに二十代前半までの私には、心のどこかに自分は美人だという意識があった。子供の頃は母が他の女の子のことを「可愛《かわい》い」と言うのを聞いただけで腹が立ったし、そんなことを根に持って何日も母と口をきかずにいることさえあった。いまにして思えば、それは母を独り占めにしたいという子供らしい独占欲に過ぎなかった。そのことを見通していた母は、時間が許す限り私の相手をしてくれた。でも母は病気がちで、私たちの蜜月《みつげつ》は長続きしなかった。

母はヘルニアを患《わずら》っていた。弟がまだ乳母車に乗っていたから、最初の手術を受けたのは私が初等科に上がった頃だったと思う。手術は無事に済んだと聞かされたものの、それは治癒《ちゆ》したということではなく、悪化するのを先延ばしにすることができた、ということらしかった。退院してからも腰の具合はよくならず、母はしばしば寝込むようになった。子供だった私は母の痛みが実感できず、彼女のそばにいて、あれこれと世話を焼けることがただ嬉《うれ》しかった。

往診に来ていたのは和泉《いずみ》先生という人で、母方の実家の主治医を長く務めていた人だった。高齢だったせいか、和泉先生が往診に見えるのは月に一度くらいで、あとは病院の人がたまに痛み止めの薬を届けてくれるだけだった。母はその薬が届くのを心待ちにしていたけれど、あれは痛み止めではなく睡眠薬だったのではないかと思う。薬を飲んでしばらくすると、母は何時間も眠り続け、夕食の席にも姿を見せなくなった。私はあれほど深い眠りに落ちている人を見たことがない。頬からはすっかり血の気が引き、母は寝息さえ立てなかった。このまま死んでしまうのではないかと心配し、私は日に何度も母の様子を見に行き、次第に和泉先生や病院の人たちを憎むようになった。

その年の夏も母は眠ってばかりいた。私はひとりぼっちで、ひどく退屈していた。どこへも行く当てがなく、夏休みの課題である絵日記に書く材料さえなかった。

そんな私を不憫《ふびん》に思ったのか、暑い盛りの午後、珍しく祖母が私を散歩に誘った。順番に日傘を差し合い、弟を乗せた乳母車を押していると、見覚えのある車が坂を上がってくるのが見えた。やがて庭先に四、五台の車が停まり、二十人くらいの男女と子供たちが降り立った。母方の祖父母と親戚《しんせき》の人たちだった。その頃はまだ親戚付き合いが密で、お盆や年末には大勢の親戚が我が家へ集まっていた。だから、あれはきっと旧盆の日のことだったのだと思う。

「ごきげんよう」

祖母がそう言うと、従姉弟《いとこ》たちも口々に「ごきげんよう」と言い合い、一斉に私のところへ駆け寄ってきた。どうしてなのか、この瞬間のことがいまも忘れられない。従姉弟たちの表情や彼らが着ていた服、入道雲の隙間《すきま》から急に陽が差してきたこと、それが磨き上げられた車のホイールに反射して眩《まぶ》しかったことまでも鮮明に憶《おぼ》えている。

祖母が親戚に挨拶をしている間、私は順番に大人たちに抱き上げられ、絵本や木箱に入ったキャンディーを受け取った。その場にはソフトをかぶった和泉先生もいたし、伯父も伯母もみんな私に優しかった。

「遊んでらっしゃい」

祖母に促され、私は庭を走り回っていた従姉弟たちを追いかけた。この時、一番の仲良しだった従姉《いとこ》が薄っぺらな紙を見せてくれた。外国で買ってきたという紙石鹸《せっけん》で、鼻先を近づけるとレモンやオレンジの香りがした。その甘い香りは、この日の記憶と分かち難く結びついている。私は従姉と一緒に庭中を駆け回り、その石鹸を使うためにわざわざ素手で土を掘り起こしたりした。我が家もそうなら親戚の家も躾《しつけ》に関しては厳格だったけれど、あの頃はそうしたことが許される日が年に何日かあった。

「また入院することになったの」

夕方、従姉と一緒に手を洗っていると、母が洗面台の前にやって来てそう言った。母は背の高い女性と一緒だった。

「入院している間、あなたたちの面倒を看《み》てくださる日置さんよ。おばあちゃまの実家から来てくださることになったの。ご挨拶なさい」

洗面台の鏡に映った紀江を見ただけで、私は胸がどきどきした。真夏だというのに黒いスーツを着た彼女は、母よりも頭一つ分くらい背が高く、波打つ髪をかき上げるようにしていた。その髪は、額の右上の部分だけが根元から真っ白になっていた。そんな女を見たのは初めてだったから、何だか怖いような気がして振り向くのにも勇気が要ったし、挨拶しようにもすぐには声が出せなかった。

母がその場から立ち去ると、紀江は身をかがめて紙石鹸の匂《にお》いを嗅《か》ぎ、「野苺《のいちご》の香りがする」と言った。

「野苺と苺とはまるで違う香りがするのよ。伊都子さんは、そのことをご存知？」

私は黙ったままで首を振った。彼女は頷き、「日置紀江です」と言って頭を下げた。それを見ただけで従姉は笑った。従姉は紀江のやり方にもう慣れっこになっていたのだ。紀江は下げた頭を従姉と私の間に押し込むようにし、私たちの頬っぺたや脇腹《わきばら》をつねった。見た目はほっそりとしていたのに、彼女の手はとても柔らかかった。

「紀江さんて、面白い方でしょ」

従姉は笑い声を上げながらそう言った。一緒になって笑いながら、私は「うん」と答え、慌《あわ》てて「はい」と言い直した。

「紀江さん、これからも時々はうちにもいらしてね」

従姉は紀江の手を摑《つか》んでそう言った。紀江は「うん」と答え、すぐに「はい」と言い直した。そして、両手で私たちの頭を抱えるようにして何遍も頰ずりをした。私と従姉は頭や頰をこすり合わせながら何度も笑い声を上げた。紀江が手を放すと、私はすっかり上気した気分で鏡の中の彼女を見上げた。紀江は鏡を覗《のぞ》き込み、指先で目尻《めじり》や頰をさすりながら忙《せわ》しく頭を動かした。

「この鏡は悪くないわ」

彼女はそんなことを言って微笑《ほほえ》み、もう一度、私たちの頰をつねった。仲良くしてね。耳元でそう囁《ささや》かれたけれど、何も答えられなかった。いまから思えば、私は初対面で唇を奪われた処女のようなものだった。

紀江が我が家へ来たのは、八月の終わりの午後だった。その日に紀江がやって来ることを知らされていた私は、部屋の窓からずっと外の様子を窺《うかが》っていた。彼女は大きなバッグを車に詰め、たった一人でやって来た。庭先に停めたヒルマンから降り立つ紀江を見て、私はまた少し動悸《どうき》がした。

翌日の午後、私は紀江の部屋に招かれ、コーヒーをご馳走《ちそう》になった。コーヒーを飲んだのもそうなら、サイフォンというものを見たのも初めてだった。紀江は部屋の中を案内し、祖母の実家からもらったという古い鏡台と日立のラジオを見せてくれた。私は鏡台の椅子《いす》に腰かけ、鏡に映る紀江を見上げた。この時、あらためて大きな人だと思った。ヘア・カタログのようなものを見ながら、紀江は私の髪をセットしてくれた。ずいぶん念入りにしてくれたのだけれど、鏡の中の私は新しいヘアスタイルにちょっと困っていた。

私は少しずつ紀江を真似るようになった。弟と一緒に通っていた理髪店に行くのをやめ、紀江と同じ美容院に通い、美容師に同じヘアスタイルにしてくれるようにと頼んだ。紀江と横並びで仰向けになり、シャンプーをしてもらっていた時、「年の離れた姉妹みたい」と美容師が言った。それは紀江に向けて言われた言葉だったのだろうけれど、それでも私は得意だった。紀江が着ているようなスーツを着てみたいと思い、どこで買ったのかと詳しく訊《たず》ねたりもした。スーツにはとても手が届かなかったけれど、お年玉やお小遣いを貯《た》めて彼女と同じ店で同じハンカチを買った。洗濯に出すと、紀江はそれに香水を吹きかけてくれた。私のハンカチは、だからいつも紀江の匂いがした。

乳母車を押しての散歩や庭の手入れ、商店街での買いつけ、土曜日ごとのピアノのレッスン――どこへ行くにも私は紀江と一緒だった。夏には二人でよくプールへ行った。サングラスをかけ、競泳用の水着を着た彼女は誰よりも颯爽《さっそう》として見えた。紀江と一緒にいるだけで何だか得意な気分だった。彼女のいない水曜日が、私にはとても長く退屈なものに感じられた。

紀江の部屋は南階段の北側にあった。引き戸に続く階段を降りると、右手に洗面台があり、左側にクロゼットがあった。その向こうにあるもう一枚のドアを開けると、いつもマンデリンの香りがした。

初等科の卒業式を数日後に控えた午後、学校から戻った私は紀江の部屋に客が来ていることに気がついた。私が知る限り、彼女が部屋に人を呼んだのはこの時だけだ。紀江の部屋からはレコードに合わせて歌う声が聞こえ、女たちの笑い声がした。私は庭に出て駐車場の方へ行ってみた。紀江のヒルマンの横に、黄色いジープが停まっているのが見えたからだ。間近で見るとジープはひどく派手に見えた。駐車場の脇にあるベンチに腰かけて、私は彼女たちが現れるのを待った。なかなか現れないので桜並木の下を行ったり来たりした。二月の終わりに雪が降ったせいか、桜の花はまだ芽吹いてもいなかった。

夕方になり、紀江は似たような年恰好《としかっこう》の女と一緒に玄関から出てきた。私はその女の出《い》で立ちに圧倒された。彼女はカールさせた髪を赤く染め、春先だというのにノースリーブのワンピースを着ていた。紀江よりも背が高く、とても細く綺麗《きれい》な脚をしていた。見せかけが派手だっただけに、ノーメイクだったことが強い印象として私の中に残った。

彼女はレコードを何枚も抱え、上機嫌な様子で紀江に何か話しかけていた。指先でキーホルダーをくるくると回したりして、ずいぶん磊落《らいらく》な感じの女だった。彼女はジープのエンジンをかけ、紀江に頼んでボンネットのミラーの位置を調整した。私がいることに気づくと、こちらに微笑みかけ、自衛隊員がするような敬礼をした。それからサングラスをかけ、「じゃあね」と紀江に声をかけてジープを走らせた。彼女を見たのはこの時が最初で最後だったけれど、その一挙手一投足は私の中にいつまでも消えない印象を残した。

「私の一番のお友だちで、最近レコードを出した人なの」

紀江はいくぶん得意げにそう話し、彼女はテレビにも出ているのだと言った。私はほとんどテレビを観《み》なかったし、芸能人に関する興味も知識もなかったから、長い間、その人は歌手なのだと思っていた。

午後二時から三時半までが紀江の休憩時間だった。私はいつも三時過ぎに彼女の部屋に電話をかけ、一緒にマンデリンを飲んだ。よほどの理由がない限り、紀江は私を部屋に招き入れてくれた。よほどの理由というのは、生理だった。彼女は「生きているのが嫌になる」というくらい生理の重い体質で、五時近くになっても部屋から出てこないことがあった。私がそのことを知ったのは中等科に上がってからで、それまでは紀江も母のように病気がちなのかもしれないと心配したりしていた。そんな女が、数日もすると見違えるほど元気になるのが私には不思議だった。

紀江の部屋でラジオを聴きながら、私たちは色々な話をした。私は学校での出来事を話し、紀江は好きな本や映画の話をした。彼女は濃い目のコーヒーを飲み、機嫌のいい時はラジオに合わせて流行歌を口ずさんだ。そんな時、少女時代を過ごした台湾の話をすることがあった。

台湾の話はいつも悪口で始まる。あんな国には二度と行きたくない、というのが紀江の口癖だった。夏は耐えられないくらいに暑いし、蚊やブヨは獰猛《どうもう》で思い出すだけで気味が悪くなる、と。実際に、彼女は虫をひどく嫌っていた。それ以上に中国人を嫌っていたし、中華料理にはほとんど箸《はし》をつけようとしなかった。それでも、台湾にはいい思い出もあったらしい。何度も聞かされたのは古藤さんというお医者さんの話だ。十歳かそこらだった私にとって、それはとてもロマンティックな物語に思えた。

古藤さんは占領下の台北《タイペイ》に住んでいた四十歳くらいの軍医だった。患者のほとんどは台北に駐留していた軍人や軍属で、古藤さんはその夫人たちを診ることもあった。九州帝大出のとてもハンサムなお医者さんで、彼を目当てに郊外から一時間もかけて診察を受けに来る人もいたほどだったという。女たちはみんな彼に夢中になり、胸に聴診器を当てられるだけでドキドキするなどと陰で言い合っていた。

ある時、台北に住んでいた軍属が奇病に冒された。この人は紀江たち家族の近所で暮らしていたらしい。春先から原因不明の高熱が続き、その人は見る間に痩《や》せ衰えた。自分はもう長くはないと悟った彼は、生まれ故郷へ帰ることにし、主治医だった古藤さんの診療室へ挨拶《あいさつ》に行く。ねぎらいの言葉を聞いているうち、古藤さんはこの患者が山梨県の身延《みのぶ》という町の出身であることを知る。物語が始まるのはここからだ。

翌日、古藤さんは一人の中国人を伴って軍属のもとを訪ね、彼に一通の手紙を託す。封書にはある女性の名前が書かれていて、宛先《あてさき》は単に「山梨県身延町在住」となっていた。軍属が事情を訊ねると、古藤さんはこんな話をした。

「その女性は、見習い期間中に私が初めて盲腸の手術をした相手です。最初に会った時はまだ十二歳でした。いまでは二十五歳になっているはずです。軍医として台湾へ赴任してから手紙を出しましたが、一度しか返事がなく心配しております。当時、彼女は母親と麻布《あざぶ》十番に住んでいました。父親が戦死し、その後、母親の実家がある身延へ転居したと聞いておりますが、詳しい住所は分かりません。しかし、身延というのは割に狭い町なのではないですか」

軍属はその手紙を預かり、身延は確かに狭い町です、と答えた。しかし、居所を探し当てるためにもう少し材料をもらえないか、と言った。この時、古藤さんと一緒に来ていた土地の男が初めて口を開いた。王という名の四十歳くらいの男で、この人もお医者さんだった。

「分かっているのはその女性の名前と麻布十番の住所、そこから身延に転居したこと。それに一時期、台北のある街区に住んでいたということだけです」

王は流暢《りゅうちょう》な日本語を話した。麻布あたりの街並にも通じているようだった。訊《き》くと、母親が日本人で、彼自身、四年ほど日本へ留学していたことがあるという。

「では、その街区の人たちにもう少し彼女のことを訊いてみてはどうでしょうか」

話を聞き終えた軍属はそう言った。もっともな提案だったけれど、王は首を振り、「その街区というのは私の家のことです」と言った。

軍属は王の話を理解するのに少しばかり時間がかかった。こういうことだった。古藤さんから手紙を受け取った彼女は、麻布十番の家を出て、単身、台湾行きの船に乗った。いくつもの港を経由する長い船旅で、乗船する前に投函《とうかん》した手紙の方が一週間も先に着いたほどだった。手紙を受け取った古藤さんは心配し、日本からの船が寄港するたびに港へ行った。自分が行けない時は、友人である王に代わりに行ってもらった。

ある夜、王が彼女を連れてきた。長い船旅で疲れて、やせ細り、まるで病人のようだった。古藤さんは妻帯していた上、軍の施設に寝泊まりしていた。このため、王がその女性を事務員として雇い、自宅にかくまうことにした。しかし、身寄りのない日本人の女がいるということが軍に知れ、彼女は二ヵ月足らずで強制送還されてしまう。

彼女が当時まだ十八歳だったと聞いて軍属は驚いた。同じ年頃の娘がいたので、最初はこの話自体を疑ったほどだった。十八歳の少女が単身で台湾へ来るなど、その時代には想像もつかないことだった。

「大変な情熱だと思いませんか、伊都子さん」

話がこの部分に差しかかると、紀江はきまって溜《た》め息《いき》をつき、コーヒーに口をつけた。このあたりが物語の佳境なのだ。カフェインのせいか、私もこの話にはいつも興奮させられた。話の続きはこうだ。身延町へ帰った軍属は役場に勤める友人のもとを訪ね、少女の名前を頼りに戸籍を調べてもらった。彼女の身元はわずか二時間で判明した。身延町へ戻ってすぐに肺病を患《わずら》い、二十歳になる前に死んでいたのだ。

軍属が家に戻ると、台湾から少女の安否を気遣う手紙が届いていた。手紙には調査の手間賃として、少なくない額の現金が同封されていた。古藤さんに少女の死をどう伝えようかと考えあぐねているうち、その軍属もまた死んでしまう。この物語には他にも何人かの死人が出てくる。その時期、日本でも台湾でもずいぶん多くの人が亡《な》くなったし、東京で留守宅を預かっていた古藤さんの妻も、それと相前後する形で病死したのだと紀江は言った。

語り部である紀江が、亡くなった少女を支持しているのは明らかだった。当時の台北の写真などを見せてもらい、私もひどく感激していたし、麻布十番や身延町がどこにあるのか知りたくて図書館で地図を見たりもした。そして、自分もこの少女のように情熱的に生きたいと思った。

いまでは、この物語は紀江の創作だったのだと確信している。聞くたびに細部が微妙に違ったし、腑《ふ》に落ちない点がいくつもあった。占領下の台湾での出来事というだけで、具体的に何年にあったことなのかも分からない。誰から聞いた話なのかもはっきりせず、少女の死がどのように古藤さんに伝わったのかについても曖昧《あいまい》なままだった。普通に考えれば、そこが物語のクライマックスになるはずで、私が一番知りたかったのもその部分だったのだけれども。

「戦争というのは、そういうものなのですよ」

中等科へ上がった私がいくつか疑問を口にすると、紀江は不機嫌そうに言い、二度とこの話をしなくなった。どうしてあんなに気を悪くしたのか、中学生だった私には理解できなかったけれど、いまなら答えることができる。あれは形を変えた彼女自身の物語だったのだ。

3

紀江と二人で、庭先に棲《す》みついた山鳩《やまばと》の世話をしていたことを思い出す。夏の始めのことで、もうじき池の周囲に黄や紅色のダリアが咲き始める頃だった。私は色とりどりの花を咲かせるダリアが大好きだった。

紀江は『花言葉事典』というのを持っていた。それによれば、ダリアの花言葉は華麗、優美、威厳——まるで紀江さんみたいね。私がそう言うと、気まぐれ、移り気というのもあるのよ、と彼女は言った。私はそれを聞いて笑った。紀江に限って、そんなことはあり得ないと思ったから。

「あの花が開いたら一緒にプールに行きましょうね」

散歩の途中でそんな話をしていた時、初めて庭先につがいでいる山鳩を見つけたのだ。その日から彼らは毎日、私たちの庭へやってきた。

二羽の鳩はいつも一緒だった。

「きっと新婚旅行でここへ来たのよ。ちょっと癪《しゃく》だけど、お世話をしてあげなくちゃ」

紀江はそんなことを言い、望遠レンズを使って鳩の写真を撮った。彼女は写真を撮るのが趣味で、ドイツ製のレンズを何種類も持っていた。私のアルバムにも紀江が撮った写真が何枚も残っている。プロのカメラマンが主宰する教室に通っていたこともあるらしく、どれも見事な出来映えだ。

私たちは一緒に餌《えさ》を買いに行き、図書館から鳥類図鑑を借りてきて山鳩の生態を研究したりした。あの二羽の鳩のことはよく憶《おぼ》えている。ある日、一羽だけでいるのを見て、どうしたのだろうかと二人で心配したことも。

家を出て行く少し前、紀江が唐突にあの山鳩の話をしたことがあった。

「つがいでいる山鳩を指差して、大奥様から羨《うらや》ましいかと訊《たず》ねられたことがありました。あの方は私の返事も聞かず、自分はああいうのがとても羨ましいとおっしゃいました。大旦那《おおだんな》様と一緒にいた時も淋《さび》しいと感じたことはあったけれど、一人でいる孤独よりは二人でいる孤独の方がずっといい。そうもおっしゃいました。それを聞いて、大奥様のことをとても親しく感じたことを思い出します」

その日の午後、私たちは祖母の部屋へ行き、アルバムを見ながら彼女の思い出話をした。祖母が使っていた揺り椅子《いす》や膝掛《ひざか》け、愛用していたキセル、桜の木の下にゴザを敷いて三人で交わした会話のあれこれなどについて、ずいぶん長いこと話をした。紀江はアルバムを見ながら微笑《ほほえ》み、ほんの少し洟《はな》をすすった。亡くなる前の晩、祖母が病室で見せた涙を思い出し、私も泣きたいような気持ちだった。

祖母は明治二十二年二月十一日、戦前までは紀元節と呼ばれていた日の生まれだった。紀子《のりこ》と名づけられたのはそのためだ。祖母の誕生日は祭日でもあったから、家族全員でお祝いをするのが習わしになっていた。その席で祖母はいつも昔話をし、返す刀で家族や使用人たちへの不満を並べ立てた。祖母は気位の高い、難しい性格の人だった。それでも最後には淡々として自分の運命を受け入れたし、亡くなる間際《まぎわ》まで私たちのことを気遣ってくれた。もっとも、その時点で我が家はすでにどうにもならない状況に追い込まれていたわけだけれども。

祖母はクリスマスの数日後に肺炎と診断され、年明けの三日に亡くなった。冬休みに入っていた私は、紀江と一緒に彼女の看病をしていた。大晦日《おおみそか》には大勢の親戚《しんせき》がお見舞いにきたけれど、夕方にはほとんどの人が帰り、病室に残ったのは紀江と私だけだった。祖母は七時頃に眠り、時折、口を開けて苦しそうに息をした。私たちは交代でお弁当を食べ、ボリュームを落としたラジオを聴きながら彼女のために襟巻きを編んだ。

帰り支度を始めた夜の十一時頃、祖母は激しく咳《せ》き込んで目を覚ました。それまでにも日に何度か咳き込むことがあったけれど、この時の咳《せき》はかなりやっかいそうだった。紀江は抱きかかえるようにして祖母の身体《からだ》を起こし、白湯《さゆ》を飲ませ、すっかり細くなった彼女の背中をさすった。この時ほど紀江が大きく見えたことはない。どうにか咳が収まると、祖母はまた目を閉じた。しかし眠りは浅く、何度も薄目を開けて私たちの方を見た。やがてNHKのラジオが時報を打ち、病室に除夜の鐘が低く鳴り響いた。自宅以外の場所で年を越したのは初めてだったから、私は妙に興奮して目が冴《さ》えていた。紀江は看護婦の詰め所から借りてきた毛布を私の膝にかけ、また編み物を始めた。

「あなたたち、もういいから帰りなさい」

祖母はそう言って私たちの方へ片手を差し出した。紀江がその手を取ると、祖母はぽろぽろと涙をこぼした。そして、伊都子と綱隆をよろしくね、と言った。紀江は黙ったままで、しばらく俯《うつむ》いていた。まるで眠っているように見えた。祖母は離した手で軽く紀江の膝を叩《たた》き、「お願いしましたよ」と念を押した。紀江はその言葉に頷《うなず》き、声を押し殺して泣いた。紀江が泣いているのを見たのは、それが二度目だった。繰り返し観《み》た映画の場面のように、私はその一部始終を憶えている。再び祖母が咳き込むと、紀江は乾いたタオルで背中をさすり、ストーブの上のやかんに水を足してきてほしいと私に言った。私は泣きながらポットを持ち、給湯室へ水を汲《く》みに行った。部屋がひどく乾燥していたし、まだ加湿器もない時代だったのだ。そう、あれはまだ色々と物が不足していた時代だった。でも、足りないものが多かった分だけ、愛情はたっぷりあったような気がする。

初めて紀江が泣いているのを見たのは、その少し前だった。正確に言えば見たのではなく、泣き声を聞いたのだ。その日は水曜日で、紀江は外出していた。話し相手のいない私は退屈し、綱隆にせがまれてかくれんぼに付き合うことにした。綱隆はいつも真剣だったけれど、中学生になっていた私は母屋《おもや》のあちこちに身を潜めて好きな本を読んでいた。その頃の私のお気に入りはルナールの『日記』だった。

すぐに切り上げるつもりで、私は玄関脇《わき》のクロークに隠れた。もう何遍も隠れた場所だったから、案の定、すぐに見つかった。それまでなら見つけたことだけで得意になっていたのに、綱隆はやる気がないと言って私をなじった。それならばと思い、私はけして見つかることのない場所に隠れることにした。紀江の部屋と壁一枚隔てていた中二階の物置で、ここには幽霊が出るのだと紀江は話していた。部屋のそばで騒がれるのを避けるための出まかせだったけれど、怖がり屋の綱隆がその部屋に来るはずがなかった。

私は念のために内側から鍵《かぎ》をかけ、部屋の壁にもたれてルナールを読んだ。しばらくするとうとうとし、目を覚ましたのは夕方の五時近くだった。かくれんぼが始まってから、もう一時間近くたっていた。その時、隣室のドアが閉じられる音がした。そうではなく、ドアが閉じられる音で目を覚ましたのかもしれない。ともあれ、紀江が帰ってきたのだ。彼女の部屋はクロークの次に見つかりやすい場所だった。そろそろ見つかってやろうと思い、私は物置を出て紀江の部屋へ行こうとした。その時、泣き声がするのに気づいたのだ。紀江はどこかへ電話をかけ、いっそう激しく泣いた。私にとって、これは一つの事件だった。とはいえ、十二歳だった私には解決のしようもない事件だった。電話で話している間中、紀江は泣き続けていた。どんな話をしているのかは分からなかったけれど、先生、と呼びかける彼女の声だけがいまも私の耳に木霊《こだま》している。

4

「失礼ですが、松平さんではありませんか」

渋谷駅前のロータリーでバスを待っていた時、そんなふうに話しかけてきた女性がいた。小柄な女性で、六十歳をいくつか超えているように見えた。彼女は幼稚園児くらいの女の子の手を引いていた。風邪をひいているのか、その子は顔の半分くらいもありそうなマスクをしていた。

「西塚です」と彼女は言い、「酒屋をしていた西塚ですよ」と付け加えた。

「あの大きな酒屋さんの?」

「そうです。酒屋の西塚です。本当にお久しぶりです」

西塚という姓にぼんやりとした記憶はあったものの、私が知っていたはずの酒屋の未亡人とはなかなか顔が一致しなかった。彼女の方は横断歩道ですれ違った時、すぐに私だと分かったという。西塚酒店は江戸末期から続いているという老舗《しにせ》で、商店街に紀江と買い物に出かけた時に何度も寄った店だ。西塚さんは早くにご主人を亡《な》くし、女手ひとつで酒屋を切り盛りしていた人だった。

「息子さん?」西塚さんは身をかがめ、義隆《よしたか》の顔を覗《のぞ》き込むようにして訊ねた。

義隆は黙ったままで俯いていた。最近の彼は誰に対してもそうだし、私にさえ満足に口をきこうとしない。

「何年生ですか」西塚さんは戸惑った様子で私の方に向き直った。

「五年生です」

「そうでしたか。お名前は?」

義隆に答えるようにと促しながら、次にされる質問を想定して私は憂鬱《ゆううつ》になった。

義隆が区立の小学校に通っていると知って、西塚さんは意外そうな顔をした。

「私立の学校へ入れたのですが、この子には校風が合わなかったんです。習っていたピアノを辞めたいというので、いまも松濤《しょうとう》に住む先生のところへご挨拶《あいさつ》に行ってきたところなんです」

西塚さんは「あら」とつぶやき、それ以上、義隆のことは訊ねなかった。彼女は一緒にいた孫娘を紹介し、商店街の人たちの消息について語った。私が憶えている人もいれば、そうでない人もいた。何人もの人が亡くなり、廃業した店もかなりあって、商店街の様子はずいぶん変わってしまったらしい。西塚さんは名刺を差し出し、いまでは十人ばかりの社員を抱えるスーパーマーケットの女社長なのだと言って笑った。

「何もかも変わってしまいました。古くからいた人も大金を積まれて次々に越していくし、もう昔とはまるで違う街ですよ。お嬢さんはまだ小さかったから、いまお話しした人たちのことも憶えていらっしゃらないでしょうけれど」

西塚さんがそう言い、私が曖昧に首を振った時、ロータリーにバスが入ってきた。

「いまはどちらに?」と訊《き》かれ、私は勤務先のホテル名を告げた。彼女は感心したように頷き、何年か前に甥《おい》がそのホテルで式を挙げたのだと言った。西塚さんは私がホテルに勤めているのではなく、そこを定宿にしていると勘違いしているようだった。誤解を解くのに時間がかかりそうだったので、私は黙って話を聞いていた。

「ご主人は?」と彼女は訊ねた。

「西塚さん、私、離婚したんです。夫と別れて、もう十年近くになります」

西塚さんはもう一度、「あら」とつぶやき、少しの間、黙ったままでいた。それから彼女はある女性の名前を口にした。同じ商店街に店を構えていた未亡人で、いまは西塚さんのスーパーで働いているのだという。「憶えていらっしゃいますか」と訊ねられたものの、すぐには思い出せなかったし、それにもう時間がなかった。私は運転手に促されてバスに乗り、西塚さんと孫娘に手を振った。それが去年の十一月のことだ。

西塚さんにはああ言ったけれど、私は離婚をしたわけではない。そもそも私は結婚したことがなかった。

大学を出た私は、縁故もあって旧国鉄に就職した。縁故でもなければ、そんなところで働くことはなかったと思う。累積《るいせき》するばかりの赤字に世間の風当たりは強かったけれど、私にとって国鉄はとても働きやすい職場だった。働いているうち、私は電車や鉄道に魅せられるようになったし、何よりもそこで働いている人たちのことが好きになった。生まれ変わることがあれば、もう一度、あの頃の国鉄で働いてみたいとさえ思う。こんなことを言うと、若い女が少ないから、ちやほやされただけだろうと思われるかもしれない。それは事実だ。数少ない若い女性として私はとても大事にされていたし、毎日、職場へ行くのが楽しかった。

いくつか経験した部署の中に保線区というところがあった。そこは鉄道の点検と補修をする部門だった。点検や補修は電車が走っていない時間帯、つまり終電から始発電車が動き出すまでの間に行われる。保線区は男の職場だった。そこに配属されて事務をしていた私は、朝早くに出勤し、重労働を終えて戻ってきた人たちと話をするのが好きだった。保線区で働いていたのは気持ちのいい人ばかりだった。彼らが引き上げていくと職場はがらんとしてしまい、私は淋しい気持ちで午後の時間を過ごした。淋しさと物足りなさは同義だとある人が書いていたけれど、その通りだと思う。私は物足りなかったし、物足りなさの原因が何であるのかにも気づいていた。

同じ職場で働いていた人の中に、北海道出身の三十三歳になる人がいた。彼は国労の幹部の娘と結婚していた。そのせいか、まだ若いのに周囲から一目置かれているようなところがあった。国労の幹部候補なのに気さくな人で、青森から送られてくる林檎《りんご》をみんなに配ったりしていた。そんな時、彼は両親の話をすることがあった。青森は彼の母親の生まれ故郷だった。青森駅近くの旅館の娘だった彼女は、青函《せいかん》連絡船の乗務員だった彼の父親と知り合い、二人は津軽海峡を挟んで恋愛をしていたのだという。私はそれをとてもロマンティックな物語として聞いた。原野に降り積もる雪や悠々とした大河、淋しい場所で聞く風の音——私は北国にそんな漠然としたイメージを抱いていた。彼の話を聞いて、そこに青函連絡船や、彼の父親が生まれたという名もないような無人駅が加わった。北海道にも青森にも一度も行ったことがなかったから、私はそこがどんなところなのかを知りたいと思った。

「うちの両親は青函連絡船のデッキで結婚式を挙げたんだ。十一月の半ばで、その時に撮った写真にはうっすらと冠雪した山が写っている。北海道とか青森というのはそういうところだよ」

初めて二人で食事をした時、彼はそう話し、「結婚式の次の日、二人は風邪をひいたらしい」と言って笑った。

彼はがっしりとした体格をしていた。短距離の選手としてインターハイで入賞したこともあるのだという。その頃も、仕事を終えてから皇居の周囲を走ることがあった。口実を設けて職場を抜け出し、皇居前の公園から彼が走る姿を何度か眺めたことがある。痩《や》せっぽっちだった私には彼の身体が眩《まぶ》しく見えた。大してハンサムとは言えなかったけれど、顎《あご》を引き、胸を突き出すようにして黙々と走る姿を私は美しいと思った。彼は昼前くらいに戻ってきてシャワーを浴び、新聞を読み、テレビのニュースを観た。昼休みには事務員を相手に他愛《たわい》のないおしゃべりもした。私もそんな会話に加わった一人だ。

年が近かったせいもあって、私はよく彼とおしゃべりをした。組合の会合に誘われたこともある。会合には出なかったけれど、三回に一回は食事の誘いに応じるようになった。保線区に配属されて半年もすると、それが二回に一回になり、しまいには誘われるたびに会い、暗がりでキスをするようになった。彼に会えない休日が私には辛《つら》かった。

ある夜、彼は北海道の深川市の話をした。最初からその話をするつもりでいたらしく、レストランのテーブルに地図を広げて深川市の場所を指し示した。そこは彼の父親の実家があったところで、子供の頃、夏休みのたびに遊びに行っていたのだという。父親が生まれたのは深川市郊外の町だった。場所を訊《たず》ねると、地図上にある「納内」という駅を指差し、オサムナイと読むのだと言った。その時のことが忘れられないのは、彼が「内地の人」という言い方をしたからだ。内地の人はなかなかオサムナイとは読めないだろう。長万部《オシャマンベ》や倶知安《クッチャン》といった地名があからさまにそうであるように、アイヌの人がつけた地名に漢字を当てはめただけの町、それが納内なのだ、と。

私はその不思議な響きを持つ地名に心をひかれ、その町のことをあれこれと彼に訊ねた。旭川《あさひかわ》市や深川市はアイヌの人たちがたくさん住んでいた土地で、納内にはカムイコタンと呼ばれる竪穴《たてあな》住居の遺跡や旧神居古潭《カムイコタン》駅舎などもあるのだと聞いた。

「カムイコタンには川沿いにサイクリングコースがある。晴れた日に、そこを走ると気持ちがいいんだ。その近くに、ちょっと変わった酒を造っている民芸店があった。いつか一緒に行ってその酒を飲んでみないか」

彼はそう話し、私は一も二もなく頷《うなず》いた。

その年の夏、私は彼と一緒に納内を訪ねた。北海道を巡る四泊の旅の途中でその町へ立ち寄ってみたのだ。男性と二人で旅に出たのはその時が初めてだった。

納内は旭川市内から車で二十分ほど走ったところにある淋《さび》しい町だった。町の外れには、石狩川が流れていた。というか、石狩川と国道十二号線の間に町らしきものがあったというべきかもしれない。カムイコタンはその途中にあり、父親の実家があった場所はそこからいくらも離れていない苺畑《いちごばたけ》の近くだった。そこへ行くために街道沿いの道を歩いていた時、スピードを上げて走り去ってゆく車を何台も見かけた。北海道の人たちにとっても、納内はただ通り過ぎるだけの町なのだ、と彼は言った。

「戦後、何度も北海道ブームが起きた。そのたびに色々な町が名乗りを上げたけれど、結局、納内には何も起こらなかった。ここはいつ来てもただの納内だ。俺はそこが気に入っていたんだけれどもね」

彼は駅の近くにある製材所へ私を誘った。子供の頃、その製材所の近くで父親とキャッチボールをしていたのだという。彼は自分にとって懐《なつ》かしいだけの、何もない町へ誘ったことを少し恥じているように見えた。でも私は、何かがあることを期待してこの町へ来たのではなかった。私は彼が見知っている全《すべ》ての土地を訪ねたいと思ったし、彼と一緒なら行き先はどこでもよかった。

旅の途中で、彼は初めて私を下の名前で呼んだ。そして、「君はもう僕の一部だ」と言った。私が黙ったままでいることに彼は戸惑っていた。私がその言葉に喜ぶと思ったのかもしれない。でも私は、自分がまだ彼の一部でしかないことに不満だった。その時には、彼は私にとっての全てになっていたから。

そんなふうにして私は彼の愛人になった。北海道旅行から戻った時には、他の男のことはもう目に入らなくなっていた。職場ではいくつかの符牒《ふちょう》を決めた。私は彼からプレゼントされたペリドットのピアスをしていくことで自分の都合を知らせ、彼が新聞のテレビ欄に印をつけて待ち合わせの時間を決めた。

ペリドットは私の誕生石だった。私たちは同じ乙女座で、誕生日も二日しか違わなかった。私が八月二十七日で、彼は二十九日の生まれだった。そこで中日の二十八日に二人きりで誕生祝をすることにした。彼は奮発して、横浜のホテルのスイートルームを予約した。その部屋で私は二十九歳の誕生日を迎え、彼と二人でシャンパンを飲んだ。一緒に誕生日を祝えたことが、私には嬉《うれ》しくもあり哀《かな》しくもあった。その頃の私はよく笑い、よく泣いた。彼と一緒にいられて幸せなはずなのに、どうしてなのか泣けて仕方がなかった。

その頃は週に三日は彼に会っていた。そのせいか、彼はもう自分のものだと思うようになっていたし、実際、私はかなりずうずうしくなっていたように思う。彼が待ち合わせの時間に遅れてきただけで不機嫌になったし、深夜に家に帰りたそうな素振りを見せられると無性に腹が立った。彼はそんな私の態度に困惑し、その必要もないのに悪かったと繰り返した。

もっとも、私は彼という人に腹を立てていたのではない。待つことは苦痛ではなかったし、いくら待たされても彼の顔を見られれば幸せな気分になれた。そんな時でも拗《す》ねた振りをすることは忘れなかったけれど、それだって彼に腹を立ててのことではなかった。私は会ったこともなければ名前さえも知らない彼の妻に腹を立てていたのだ。彼女に対して、私は容赦がなかった。ほんの少し先に知り合っただけのくせに。所詮《しょせん》、左翼の親玉の娘に過ぎないくせに。得体の知れない石女《うまずめ》――当時の日記にはそんな言葉が記されている。二十九歳の私は当てこすりばかりを口にする、ひどく怒りっぽい女だった。理不尽な怒りを募らせる一方で、彼が気に入りそうなメイクやヘアスタイルの研究も怠らなかった。あの夏、私は無邪気な愛人でいることもできたし、ネロにだってなれた。

そんな好戦的な気分でいたから、妊娠検査薬で陽性反応が出た時はちょっとした優越感を味わった。そして、これが彼との関係を更新してくれるはずだと信じた。といって、何らかの具体的な変化を期待したわけではない。臆病者《おくびょうもの》の私は子供を産むことなど考えもしなかった。妊娠の事実を告げることによって、彼がより真剣に私と向き合ってくれさえすれば、ひとまずはそれでいいと思っていた。案の定、彼は私の体調を気づかい、普段よりもずっと優しくなった。すぐに検査を受けるべきだと言い、そのための病院も見つけてきた。堕胎のことはおくびにも出さなかったけれど、共済会からの問い合わせで彼が借り入れを申し込んでいることを知った。全てのことが何かのドラマで見たように進むことに抵抗を覚えながら、私は彼に連れられて郊外の小さなクリニックへ行った。

「もうじき三ヵ月になります」

啓示というのは不思議な場所で受けることがある。旧式のモニターを見ながら医者がそう言うのを聞いて、私は急に気が変わった。生活面に関する細かな注意事項に頷きながら、私は紀江が最後によこした手紙の追伸部分を思い出していた。そして後先のことも考えず、その言葉の響きをとても美しいと思った。

あの人だったらどうするだろう？　何かに思い悩んだ時、私はよくそんなふうに思った。私にとってのあの人は、常に紀江だった。彼の反対を振り切って産むことにしたのも年齢や嫉妬《しっと》のせいばかりではなく、多分、紀江と同じようにしてみたいと思ったからだ。他の人に振り回されることなく、自分自身の人生を生きること——最初の手紙に彼女はそうも書いていた。私はその言葉を都合よく解釈し、どうしても出産したいと言い張った。そして、この決意が変わることはないと彼に伝えた。

五ヵ月目に入ると、時折、お腹《なか》の中で空気が震えるような感じがした。私はその感覚を愛《いと》おしく思ったけれど、彼は傍目にも元気をなくしていた。病気になったのではないかと心配する人さえいた。毎朝、彼は新聞のテレビ欄に印をつけ、虚《うつ》ろな目をして喫茶店で私を待っていた。彼はただ当たり前の心配をしていただけなのに、それがまた私の不満の種になった。堕胎させることが無理だと分かると、彼は子供を乳児院へ預けることを提案し、私に再就職先を斡旋《あっせん》しようとした。私はその提案を遠い気持ちで聞いていた。

三十歳の春に、私は八年間勤めた国鉄を辞めた。結果として私は多くの人に非難されることになったし、義隆が生まれたばかりの頃は彼の顔を見て泣いてばかりいた。承諾もなしに産んだのに、彼は義隆を認知してくれたし、休みの日には砧《きぬた》公園に来て一緒にベビーカーを押してくれた。私はそのことにとても感謝しているし、これでよかったのだと思うことにしている。喜ばしい青春の過《あやま》ち——そう、あれは遅れてきた私の青春だったのだ、と。

分割民営化される少し前に、彼も国鉄を辞めたと人伝《ひとづて》に聞いた。それきり連絡が取れなくなってしまったということも。私のもとへも何の連絡もないけれど、達者でいるらしいことだけは分かっている。彼が作ってくれた義隆名義の口座に、いまでも月初めに十万円が振り込まれてくるからだ。彼が送金の手続きをする金融機関は、この十年間で何度か変わった。ここ何年かは旭川市の信用金庫から送金されてきている。

義隆は無邪気な笑顔でずいぶん励ましてくれたけれど、最近は私を悩ませてばかりいる。話しかけても、ろくに答えようともしない。彼は彼で悩んでいるのだし、半分は私のせいなのだと思う。どうにかしなくてはと思っても、私には解決の糸口さえ見《み》出《いだ》せない。でも、その悩みも含めて、言葉にできないくらい、私は彼を愛している。

5

翌日、西塚さんがホテルに電話をかけてきた。彼女の勘違いもあって、私は多少バツの悪い思いをした。でも、交換台から回ってきたメモを見て、そんなちっぽけな感情は霧消していた。メモに「日置さんの件で」とあったからだ。すぐに折り返したものの、西塚さんは外出していて、連絡が取れたのは夕方になってからだった。

「実は去年、日置さんにお会いしたんですよ」と西塚さんは言った。「そのことをお伝えしたいと思ったのですが、お時間はありますか」

「ええ、もちろんです」と私は答えた。

「では、こちらで場所を決めて、あらためてお知らせします。いつがよろしいですか」

すぐにでも、と答えると、彼女は麻布十番にあるという寺の名前を告げ、手書きの簡単な地図をファックスしてよこした。どうしてそんな寺で会うのか、私には見当もつかなかったけれど、「電話だと長くなるから」と言われ、ともかくもその寺へ行くことにした。

翌日の夜、私は仕事帰りにその寺へ行った。西塚さんの都合で、落ち合うのは夜の八時ということになった。

広尾駅で降り、都立中央図書館の脇《わき》を抜けてしばらく行くと、「仙台坂」という標識に出くわした。麻布十番は門前町として栄えたところだから、そのあたりには大小の寺が密集していた。辿《たど》り着いたのは割に大きなお寺で、西塚さんは三十畳くらいもありそうな座敷で同年配の二人の女性とお茶を飲んでいた。一人は渋谷のロータリーで西塚さんが名前を口にした女性だった。挨拶《あいさつ》をしているうち、私はこの人のことを思い出した。内山さんといって、商店街の外れで小さなレコード店を営んでいた人だ。内山さんはにこやかな人で、ちっともお変わりありませんね、と私にお世辞を言った。もう一人はこの寺の住職の奥さんだった。西塚さんたちと同世代に見えたけれど、彼女は昭和元年の生まれだと話し、もうじき昭和も終わってしまうかもしれないとつぶやいた。そこから昭和天皇の病状に関する話になった。とはいえ、女四人が集まるには遅い時間だったから、ほどなく話題は紀江のことに移った。というか、紀江に関することらしき話になった。切り出したのは西塚さんだ。

「去年の秋、商店街の慰安旅行があって、二十人くらいで北海道へ行ったんですよ」

「北海道へ？」

「ええ。道南を周《まわ》る旅で、全部で四泊しました」

「十月の初めなのに、何だか肌寒かったわよね」

今度は内山さんが言った。若作りをしていた彼女も髪が薄くなり、いまでは老眼鏡をかけていた。二人は旅の途中の出来事について語り、そうだったそうだったと言い合い、何人もの同行者の名前を口にした。

「お嬢さんは、足立さんのことは憶えておられますか」と西塚さんが言った。

「足立さん、ですか」

「ほら、角のお豆腐屋さんの」

西塚さんはそこまで言って口を閉ざした。彼女が口を閉ざしたのには理由があった。足立豆腐店のことはよく憶えていた。古い造りの店で、軒先に出した椅子《いす》に腰かけて豆腐を売っていたのは背中に大きな瘤《こぶ》のある女性だった。店の裏に大きな井戸があり、足立さんはその井戸水で豆腐を作っていた。その頃は都心にもまだそんな店が残っていたのだ。足立さんが作る豆腐は美味《おい》しいと評判で、祖母などは他の店で買った豆腐には箸《はし》をつけようとしなかったほどだ。

私の記憶では、足立さんは当時でも五十歳は超えていたはずだ。あの身体《からだ》でまだ健在だというのは意外な気がしたけれど、私は黙って頷《うなず》くことで西塚さんに話の続きを促した。

「三日目の午後だったかな。札幌へ向かうバスの中で、急に足立さんの具合が悪くなったんですよ。貸切りのバスだったので、運転手さんに頼んで近くの病院へ寄ってもらったんです。小樽《おたる》から少し東へ行った銭函《ぜにばこ》という駅の近くでした。石狩湾に近いところで、バスを降りたら海から吹いてくる風が冷たくてね」

わよ」

「そうそう」と内山さんが相槌《あいづち》を打った。「でも、病院の住所は札幌市になっていた
そこまで聞いて話の結末が分かったような気がした。分からなかったのは、話をする場に西塚さんがなぜこの寺を指定したのかということだった。住職の妻だという人は新しいお茶を出したり、たまに頷いたりするだけでずっと黙ったままでいた。

「その病院に日置さんがいらっしゃったのですか」と私は訊《たず》ねた。

「そうなんです。バスが着いたら病院から出てきたのがあの人で、もうびっくりしちゃって。日置さんも驚いていましたが、向こうから先に声をかけてきたんですよ。西塚さんではありませんか、って」

横にいた内山さんも頷きながら言った。

「応急処置を済ませたばかりのご主人に自己紹介させたりして、あの人、ちっとも悪びれたところがないんですよ。もう何て言っていいのか」

足立さんは夕方には持ち直したものの、高齢ということもあり、一晩だけ二階の病室に入院したのだという。彼女の世話をするために残った西塚さんたちは、その日は院長夫妻の家に泊まり、遅くまで思い出話をしたらしかった。院長夫妻は塀の高い豪邸に住んでいて、ガレージに外車が二台もあったんですよ——西塚さんは興奮気味に

そう話し、自分で撮ったという家の写真を見せてくれた。病院と棟続きになっている自宅は確かにちょっとした豪邸に見えた。

古藤さんは六十代半ばの大柄なお医者さんらしかった。紀江は彼を「先生」と呼び、西塚さんたちにお酒を勧め、医学部に通う娘の写真を見せたという。二人はどこにでもいる仲のいい夫婦に見えたけれど、玄関に別々の表札がかかっていたから入籍していないのかもしれない——西塚さんたちはそんなことを話して頷き合っていた。足立さんも遅れて夕食の席に加わり、何度も感謝の言葉を口にしていたと聞いて、私にはその情景が目に見えるようだった。あの細長い商店街には、いつだって心のこもった挨拶と感謝の言葉が溢《あふ》れていた。

「日置さん、お変わりになっていましたか」と私は訊ねた。

「ええ、それ相応に。でも、あの身長で、あの髪の毛ですから、すぐに彼女だと分かりました。相変わらず背筋をこう伸ばして、顎《あご》をこんなふうに引いてね」

「そうそう。見間違いようがないわ」

紀江に請《こ》われて、その夜、西塚さんたちは遅くまで商店街の様子などを話したという。紀江は東京で過ごした日々を懐《なつ》かしんでいる様子で、顔見知りだった人たちの消息にいちいち頷き、最後に私の近況を訊ねたらしかった。古藤さんは口数の少ない人だったけれど、一つひとつの話に頷いていて、ひょっとしたら大奥様やお嬢さんのこともご存じなのかと思いました——西塚さんはそう話し、病院の電話番号を記したメモを私の前に差し出した。

翌日、紀江は自分で運転して彼女たちを新千歳《しんちとせ》空港まで送ったのだという。結果として丸一日くらい一緒にいたものの、古藤さんのことについては最後まで何の説明もなかったらしい。といっても、調べる手がかりはいくつもあったと西塚さんは言った。古藤という苗字《みょうじ》自体が珍しかったし、九州帝大の医学部を出て、北海道に来るまでは麻布で開業していたと本人が話していたからだ。

「古藤さんの妻は、主人の妹でした」

この時、お寺の奥さんが久しぶりに口を開いた。

「古藤さんは看護婦をしていた主人の妹と結婚して、この近くで開業していました。古藤さんがいなくなった時はかなりの騒ぎになって、テレビ局がうちに取材に来たほどです」

「どうしてテレビ局が来たのですか」私は不思議に思って訊ねた。

「古藤さんには妹がいて、割に有名な女優さんだったんです。古藤さんがいなくなると、心配して真っ先にうちへ来たのも妹さんでした。私たちもずいぶん捜したし、彼女も仕事に行く先々でお兄さんの写真を配ったりしていました。それが縁で、その女優さんが亡くなった時、うちの寺で葬儀をしたんですよ」

古藤さんの妹はM……という芸名の女優だった。小悪魔的な雰囲気で売っていた人で、少女時代の私はサスペンス物のドラマで見る彼女を怖《おそ》れていた。メイクもきつかったし、学生時代には過激派のセクトに属していたと雑誌か何かで読んだ記憶がある。でも、それは私の思い込みに過ぎなかったようだ。実際の彼女にはそんな雰囲気は微《み》塵《じん》もなく、定期的に住職と連絡を取り、兄を捜し出すことに懸命になっていたという。

お寺の奥さんは女優から受け取った手紙を見せてくれた。舞台に出ることを知らせる手紙で、封筒には「御招待」というスタンプが押された半券が入っていた。何度も彼女の舞台に招待されたし、四月半ばの結婚記念日には決まって花が届けられた、とお寺の奥さんは言った。M……は独身で、お酒が好きだったらしい。古藤さんを崇拝していた彼女は、お寺に来るたびに兄の思い出を語り、お酒を飲むと決まって涙ぐんでいたという。しかし何の手がかりも摑《つか》めないまま、彼女は五年前に病死し、住職もその半年後に亡くなって、いまは息子がお寺を継いでいるらしかった。

未亡人に勧められるまま、私たちはお酒を飲み、順番にアルバムを見た。アルバムには古藤さんとその妻の写真が何枚も貼《は》られていた。住職と肩を並べて写っている女優の写真もあった。彼女の五十歳の誕生日に撮影したもので、この時にはすでに子宮がんの告知を受けていたという。長身の女優は大きくかしげた首を住職の肩に載せ、彼の腕を抱きかかえるようにして悪戯《いたずら》っぽく微笑《ほほえ》んでいた。

優雅さは美貌《びぼう》と違って擦り減ることはない。そう書いていたのは誰だったろう？テレビに出ていた頃に比べると頰も顎もふっくらとしていたけれど、私は彼女の表情が気に入り、長い間、その写真に見入っていた。この人も、私と同じように一人の人を捜し続けていたのだ。ふいにそう思い当たり、堪《こら》えようもなく涙が溢れ出てきた。写真の中の彼女はとても可愛《かわい》らしかった。私もいつか、こんなふうに微笑んでみたい。そう思いながら写真を見つめ続けているうち、M……の笑顔はみるみる焦点を失ってぼやけ、やがてそれは紀江の顔に重なった。

*

昭和が終わった。天皇崩御とそれに続く改元に際しても、私は何らの動揺も覚えない。一つの時代の終わりは新しい時代の始まりでもあるのだから。少なくとも、いまはそう思うことにしているし、そうであってほしいと願っている。

いい機会だと思い、私はこれまでにあったことを毎晩少しずつ義隆に話している。彼は自分の父親が誰なのかは知っていても、どんな人なのかまでは知らない。彼にとっての父親は、保線区の人たちと一緒に写っている写真の「右から二人目の人」でしかない。同じ写真の左端に写っている私が、何を思い、どう行動したのか。その結果をいまどう受け止めているのか——それを少しずつ彼に伝えようと思っている。義隆はそっぽを向いて興味なさそうにしているけれど、私は彼がたまに北海道の地図を見ていることを知っている。私も最近、よくその地図を見る。実は春休みに義隆を誘ってそこへ行ってみようと思っている。

「私もご一緒していいかしら。信用金庫の前で、坊ちゃんと三人で彼を待ちぶせしましょうよ」

昨日、電話をかけてきた紀江はそう言って笑った。それを聞いて、いよいよ行ってみようという気になっている。

紀江とは土曜日ごとに電話で話をする。電話の向こうの彼女はよく笑い、時には昔話に涙ぐんだりもする。昨日の夜も、つがいでいた山鳩《やまばと》の話から祖母が亡くなった夜の話になり、紀江はひとしきり泣いた。私もそうした情景をよく憶《おぼ》えている。あの家で紀江と過ごした最後の日々のことは、どれ一つとして忘れられるものではない。

紀江は古い写真を探し出して、何十枚も送ってくれた。写真には私たち家族の他に、あの懐かしい家や庭、正門から連なっていた桜並木などが写っている。祖母が使っていた揺り椅子や古い型のヒルマン、すっかり疎遠《そえん》になってしまった親戚《しんせき》たちの笑顔もある。どれも彼女が撮影したもので、母の形見のアルバムは厚さが倍ほどになった。

紀江と電話で話しながら、私はアルバムを眺め、過去にあったあれこれを思い出す。でも、全《すべ》て過ぎ去ってしまったことだし、私は紀江のように涙ぐんだりはしない。いまは早く義隆と一緒に出かけたいと思うだけで、どうしてなのだろう、何を思い出しても私はもう哀《かな》しくも何ともなかった。

そらいろのクレヨン

ミラン・クンデラの『緩やかさ』の最初の方に忘れ難い文章がある。

一九八〇年代にベルクというフランス人がアフリカへ行き、瀕死《ひんし》の黒人少女にキスをする。この少女はエイズなのだ。その後、ベルク氏は顔中を蠅《はえ》だらけにした少女と写真に収まる。この写真はとても有名になる。なぜか？　そこには売名の意図があったとしながらも、クンデラはこう書いている。死んでゆく子供は、死んでゆく大人よりもずっと大切だったから、と。

公園で子供とキャッチボールをするたびに僕はこの言葉を思い出す。そして、哀《かな》しくなるのと同時に腹立たしくなる。世の中は公平ではない。そんなことは分かりきっている。でも、いくら何でもこれはないじゃないか。毎日毎日、そんな思いを引きずりながら僕は生きている。

僕は一九八八年の六月三十日に結婚した。この日付に特別な意味はない。六月の初めに付き合っていた女から妊娠していることを告げられ、彼女がジューン・ブライドになることを希望していると知って、この日に婚姻届を出したのだ。愛情も儀式も後回しの、大急ぎの結婚だった。

結婚するに際して、僕はぼんやりとした不安を感じていた。勤めていた会社を辞めたばかりだったのだから、ある意味では当然のことだ。何もその会社が気に入らなかったわけではない。何とか耐えてやっていけないことはなかった。束縛されて暮らすのは案外楽だと気づいて驚いていたくらいだし、束縛自体もかなり緩めだった。とはいえ、何かがしっくりこなかった。それが何であるのかが分からないまま、その年の春に会社を辞めた。

生活を変えようと決意しても、いざ実行に移すにはきっかけが要る。結婚、離婚、退社、自殺……全部そうだ。状況が準備されていても、人はほんのちょっと背中を押される必要がある。僕の場合は新聞で読んだコラムが一つのきっかけになった。それは「一枚のチケットから」と題されたコラムだった。

新聞には染《し》みだらけの顔をした小説家の顔写真が載っていた。見ようによってはちょっと恐ろしい形相であり、額にはバルザックが「人知れぬ敗北」と呼んだ深い皺《しわ》が刻み込まれている。六十四歳になる小説家は、こんなことを書いていた。

社会に出ると男はあまり本を読まなくなる。仕事が忙しいという理由から映画も観《み》なくなるし、コンサートになど間違っても行かなくなる。つまり、仕事に関すること以外はほとんど何もしなくなる。男たちは知らず知らずのうちに会社人間になり、自分は大人になったのだと錯覚する――ここまでは別にどうということはない。いいのはここからだ。

〈二十歳の時のことを思い出してほしい。いまや典型的な会社人間であるあなたにも一冊の本、一枚のレコード、そして一人の人間に心を震わせた夜があったのではないか。会社人間などという、なりたくもなかったものになって、せいぜい忙しがって、何かの商品を同僚たちよりも多く売ったとしても、人生の最後にあなたはそれをよき人生だったと言えるだろうか。男は心で年を取り、女は顔で年を取る、と言われている。年齢を重ねれば、誰でも肉体は衰える。それでも、心は灰になるまで瑞々《みずみず》しさを保てるはずだ〉

さあ、一枚のチケットから始めよう――小説家は最後にそう書いていたけれど、僕に言わせればこれは蛇足というものだ。

当時、僕はいくつかの情報誌にペンネームで映画評を書いていた。最盛期には月に十本以上も書き飛ばしていた。その経験から言えば、つまらない映画や芝居を観に行くのは時間の無駄でしかない。そんなものを観るくらいなら車でも洗っていた方がましだ。第一、チケットを何枚買ったところで、彼が会社人間であることに変わりはないのだ。

僕はこのコラムを切り抜き、マグネットで冷蔵庫に留めた。オチを別にすれば何度読んでも共感できる文章だった。このコラムのBGMにはレッド・ホット・チリ・ペッパーズがよく似合った。要するに、僕はこう叫びたかったのだ。

お前ら、死ぬまでやってろ。

僕は大崎にあるマンションの一室を借り、企業のPR誌の編集を始めた。一国一城の主《あるじ》になったのだ。学生アルバイトとはいえ、家来も二人いた。事務所は亡《な》くなった伯母が住んでいた部屋で、「ちゃんとした借り手」が見つかるまで、いわば繋《つな》ぎで親《しん》戚《せき》が貸してくれたのだった。

もとより、死ぬまでやるつもりはなかったから繋ぎで十分だった。自分がなりたいと思っていた小説家になるための金と時間さえできれば、すぐにでもやめるつもりでいた。とはいえ、金と時間を作り出すのは容易なことではなかった。金を稼ごうと思えば時間がなくなり、時間を作ろうとすれば銀行口座の残高は見る間に減っていく。まったくのジレンマだった。

その頃、ある評論家が夕刊の文化欄に面白いことを書いていた。やはり染みだらけのおかしな顔をした男だが、その文章には説得力があった。タイトルは「ロマンチックな幻想」。優れた小説家が生活者としては無能力だというのは、単なる誤解もしくは幻想に過ぎないというのだ。評論家は夏目漱石の例を引いていた。

〈漱石は朝日新聞社と四千円の年俸契約を結んでいた。月給が二百円で四ヵ月分のボーナスが年に二回出るという契約である。現在の貨幣価値に換算すると、これは優に二千万円に相当する。別に驚くほどの額ではない。漱石の才能からすればささやか過ぎる額だとも言えるが、当時としては破格の契約であったことは間違いない。しかも、この契約には様々なオプションが付いていた。出社の必要もなく、印税も満額手にすることができたのだ。漱石はこうした余裕を得て『虞美人草《ぐびじんそう》』の連載を開始し、近代日本文学最高の作家になった。彼の作品には多数の遊民が登場するが、漱石自身が一番の高等遊民だったのである。

明日の食事にも事欠くような人間は小説を書いたりはしない。アブラハム・マズローが指摘しているように、生存の欲求を始め、人間には欠かすことのできない三つ四つの本能的な欲求がある。それが満たされて初めて人は何かを書き始める。結局のところ、小説というのは余裕の産物なのである〉

つまり、まずは余裕を作れということか。それは時間的な余裕のことだろうか。金だろうか。やはりその両方だろうか。この記事に僕はひどく考えさせられた。明日の食事に事欠くことはなかったにせよ、僕には余裕といえるほどのものが何もなく、小説家への道のりはいかにも遠そうだった。妻になる女から妊娠したことを告げられたのは、そんな時だった。

それなりに真剣に付き合っていながら、僕はいまの妻と結婚することはないだろうと思っていた。彼女は多摩川に近い高級住宅街に住み、誰もが知っている広告代理店に勤めていた。僕のような男と付き合う必要もなければ、結婚する理由もないはずだった。それなのに彼女はボストンバッグを持って僕の部屋に現れ、もう家には戻らないと宣言した。それが六月半ばのことだ。ジューン・ブライドの件はその夜に聞かされた。

余裕がなかったので、僕は結婚したいとも子供を生んでほしいとも思わなかった。

しかし、彼女は子供を生んでも仕事を続けると言うし、結婚式など挙げなくてもかまわないと言う。悪くない条件だった。せめて普通程度の遊民への道を探るべく、僕はその夜から無意識のうちに彼女の美点を探し始めていた。

僕が手がけていたPR誌の巻頭に、グラビアのインタビュー・ページがあった。クライアントである企業の担当者はこのページしか読んでいないという話だった。勢い、僕もこのページに力を注ぐことになった。

何度かやってコツをつかむと、僕はあのコラムを書いた小説家にインタビューを申し込んだ。彼は「ヒマだから、すぐに会おう」と言った。何となく、余裕のありそうな口ぶりだった。実際、彼は時間を持て余していた。小説家は入院先の病院からコールバックしてきたのだった。

僕は品川プリンスホテルで彼に会った。写真撮影は後回しにすることにし、ラウンジで彼の話を聞いた。酒豪だと聞いていたのに小説家はウーロン茶を頼んだ。彼はフォイエルバッハについて語り、キルケゴールについて語った。キルケゴールは大好きな文筆家だったし、彼の話は面白いと思った。PR誌向きの話ではなかったけれど、それは例のコラムのように、その頃の僕が聞きたいと思っていた話だった。

取材が一段落したところで、僕は冷蔵庫に貼《は》っていた切り抜きをテーブルの上に置いた。そして、このコラムを読んで勤めていた会社を辞めることにしたのだと話した。小説家は僕の顔と切り抜きを交互に見て、「今日は何日で、いまは正確には何時何分かね」と訊《たず》ねた。その日は六月二十九日で、ウェイターによれば十九時二十二分だった。小説家は手帳にその数字を書き込み、「少し飲もう」と言った。

小説家はバーボンをロックで頼み、何杯もお代わりした。アルコールが回ると、彼は「検査入院先の病院を抜け出してきた。俺は肺がんらしい」と言った。ちょっとした告白という感じだった。

「飲んだりして大丈夫ですか」僕は半信半疑で訊ねた。

「大丈夫なわけがないだろう」

「それじゃあ、いまからでもお茶にしましょう」

「気にするな。死ぬのは君じゃなくて、俺なんだから。それに、もういいんだよ。俺はたっぷり生きた」

「たっぷり?」

「そう、もう腹一杯だよ。足りないのはアルコールくらいだ」

僕はバーボンをボトルで頼んだ。彼が煙草《たばこ》を吸い始めたので、僕も一緒になって煙草をふかした。頭が少しクラクラしたのは三時間ぶりに吸ったせいだろうか。それとも彼の毒気に当てられたからだろうか。いずれにせよ、その毒は僕の五体の隅々に心地よく染み渡った。

「実は明日、結婚するんです。暮れには子供も生まれます」

帰りのタクシーの中で、僕は小説家にそう告げた。それはそれで、ちょっとした告白のつもりだった。

「それはそれは」

小説家はそう言っただけで、それ以上は何も訊ねなかったし、「おめでとう」とも言わなかった。僕もそんな言葉は期待していなかった。彼は自分の経験を面白おかしく話して聞かせ、オスカー・ワイルドの一節を引用した。曰《いわ》く、一人の女と結婚し、多くの女を愛することができれば、その方がどれほど詩的なことだろうか。

タクシーは代沢《だいざわ》の住宅街で停まった。小さな住宅が建ち並ぶ一画に小綺麗《こぎれい》なマンションがあり、入口に五十歳くらいの女性が立っていた。それが妻の美智子さんだった。挿絵画家である彼女は小説家よりも背が高く、黒いジャケットを羽織り、オレンジ色のスカーフを首に巻いていた。婦人雑誌のモデルといっても通りそうな感じだ。彼らはタクシーの脇《わき》でかなりの言い合いをした。肺がんの夫が病院を抜け出したのだから、奥さんが怒るのも当然だった。

小説家を見送るためにタクシーを降りると、彼は美智子さんを手で追い払い、僕の肩に手を回した。そして、「結婚している男なら誰でも知っていることだけど」と前置きして、こんなことを言った。

「普通の男は離れているのが辛《つら》いほど愛し合って結婚するわけじゃない。そんな男はめったにいない。普通の男は別れ話を切り出して泣かれたり、相手の女を妊娠させたりした負い目から結婚する。要するに気の弱さから結婚するわけだ。男というのは人生の節目で弱気になる。俺もそうだったし、きっと君もそうなんだろう？　そうしょんぼりするな。それが普通の結婚だよ」

そんなわけで、僕はごく普通の結婚をした。ＰＲ誌の仕事では巻頭のインタビューに力を入れ、それから二、三回、小説家の部屋で酒を飲んだ。妻を交えて彼ら夫婦と四人で飲んだこともある。とはいえ、妻は妊娠中で酒を控えていたし、目に見えて体力が衰えていた小説家はもうグラスに口をつけようとしなかったから、実際には美智子さんと二人で飲んでいたようなものだった。

美智子さんは楽しい人で、酔うとアイルランドの民謡を歌った。父親の仕事の関係で、少女時代をダブリンで過ごしたのだという。彼女はアイルランドの画家リチャード・ドイルの絵を何枚も見せてくれた。妖精《ようせい》をたくさん描いた挿絵画家で、個人的にも親交があったらしく、彼の絵がお気に入りのようだった。でも僕は、美智子さんの描く絵の方が好きだった。その頃、彼女は東洋版の『生命のダンス』とでも言うべき作品に取りかかっていた。ムンクのような暗さはなく、女たちは花模様のドレスを着て燃えるような頬をしていたし、窓の外の月も明るく輝いていた。

夫妻のリヴィングには小説家をモデルにした油彩が何枚も飾られ、それぞれに年度が記されていた。どれも四月十日の結婚記念日に美智子さんが描いたものだ。

「これ、ちっとも似ていないよな」

実物よりもずっと若々しく見える最新作を指差して、小説家は僕にそう言った。

八月の下旬、彼が入院することになり、僕は病院まで送る役目を買って出た。この時、生まれてくる子供の名付け親になってほしいと頼んだ。小説家は快諾したものの、一つだけ交換条件を出した。新聞に書くコラムの口述筆記をしろというのだ。それはホフマンスタール原作のオペラ『ばらの騎士』についてのコラムだった。彼が口頭で内容を伝え、それを百行ばかりの記事に構成する。それが僕の仕事だった。PR誌のインタビューを読んで以来、彼はかなり僕を買い被《かぶ》っていた。それでもプロの小説家に認められたことが嬉《うれ》しくて、僕はその仕事を引き受けた。

小説家は九月の半ばに退院した。療養先の熱海《あたみ》から届いた葉書で、僕はそのことを知った。手術は無事に済んだらしく、葉書には「退屈している。しばらくいるから遊びに来い」と書かれていた。

十月に入り、生まれてくるのが女の子だと分かった段階で熱海に手紙を書き、コラム用の原稿を同封した。返事が来たのは一ヵ月も後で、住所は築地《つきじ》の国立がんセンターになっていた。手紙には弱々しい文字で「美里《みさと》ではどうか」と書かれていた。美里というのは彼の処女作に出てくるヒロインの名前だった。僕は礼状を書き、受け取った手紙を冷蔵庫にマグネットで留めた。年が明けてしばらくしたら、美里を連れて三人で見舞いに行こうと思った。

美里というのはいい名前だろうか。正直に言うと、最初はあまりいい名前だとは思わなかった。そもそも、僕は彼の処女作をさほどのものとは思っていなかった。しかし、いまはこう思う。最初から美しい名前などありはしない。美しい子供につけられた名前だけが美しく響くのだ。生まれたばかりの美里は美しかった。僕はひと目見ただけで彼女に夢中になった。美里は二重瞼《ふたえまぶた》で目が大きく、いかにも利発そうで頬はバラ色だった。それは親の欲目だったのかもしれない。それでも産婦人科のガラス越しに何度か呼びかけた時には、もうこの名前以外にはありえないという気がした。

美里は十二月二十三日に生まれ、小説家は年明けの一月六日に亡くなった。数日後、新聞に三段の死亡記事が出た。葬儀は近親者だけで済ませ、遺骨は相模湾《さがみ》に散骨したのだという。小説家の人生は六十行ほどに要約され、皮肉にも彼が忌《い》み嫌っていた評論家の談話で締めくくられていた。コンビニで全紙を買って目を通したけれど、どれ一つとして切り抜く気にはなれなかった。

二月の終わりに、美智子さんから手紙が届いた。かなり長い手紙だった。亡くなる前日に自宅へ連れ帰り、最後の日は一日中、好きだったオペラを聴かせ、二人でワインを三本開けたのだという。

その半月後、美里宛《あて》に一通の葉書が届いた。やはり美智子さんからで、生まれたばかりの美里の笑顔が葉書いっぱいに描かれ、左隅に小さな文字でこう書かれていた。

美しきかな、この人生。

美里は風邪を引きやすい子だった。瘦《や》せっぽっちで、同い年の子たちに比べて身体《からだ》もずっと小さかった。それに、季節の変わり目にはよく熱を出した。どういうわけか休日や深夜に具合が悪くなることが多く、そのたびに僕は救急医療センターまで車を飛ばした。三歳の時には年に二十回近くもそこへ連れて行った。やがて、センターの窓から眺める光景は見慣れたものになった。蛍光灯の下で診察の順番を待ち、薬が出るのを待ち、会計が済むのを待つ。順番が来るたびに僕は美里を抱き上げ、細い肩や背中に触れる。折れてしまいそうなその感触を愛《いと》しく思うと同時に、僕は何だか少し怖くなった。もうじき四歳になるというのに、この子にはまだ命が根づいていない。そんな気がしてならなかった。

四歳になったばかりの冬、美里は昼前に幼稚園の先生に手を引かれて帰ってきた。先生は「風邪だと思います」と言ったけれど、この時はほとんど熱が上がらず、咳《せ》き込むようなこともなかった。ただ元気がないだけで、顔色が悪いのを別にすれば特に変わった様子はなかった。元気が出ないまま、美里は翌日も幼稚園へ行き、やはり午前中に戻ってきた。

翌日、僕たちは早起きして美里を大学病院へ連れて行った。午前中に小児科で診察を受け、午後には血液内科というところへ回された。その時まで、病院にそんな科があることさえ僕は知らなかった。美里はそこで「急性リンパ性白血病」と診断された。「難病であることは確かですが、小児がんの中では比較的治癒率が高い病気です。同意書にサインをいただければ、プロトコルに沿った治療をします」

医者はモニターを眺めながらそう言った。てきぱきとした、いかにもやる気のありそうな男だった。彼はプロトコル表というのを示し、治療と輸血の同意書を僕に渡した。「化学療法」、「放射線治療」という文字を見ただけで僕はぞっとした。医者はまだ何か話していたけれど、もう何も耳に入らなかった。この男は四歳にしかならない娘に、すぐにも放射線を浴びせようと提案しているのだ。妻は途中から声を震わせて泣いた。僕としても、そんな同意書にサインをする気にはなれなかった。

その夜、美里の寝顔を見ながら妻と何時間も話をした。明け方近くになって、ようやく現実と向き合う決心がついた。やはりプロトコルとやらに沿うしかなさそうだったし、もうまごまごしている暇もないのだった。最終的には骨髄《こつずい》移植が必要であり、そのためには骨髄の型が一致するドナーを見つけなければならない。その頃、骨髄バンクはようやく設立されたばかりだった。移植を希望している人が三千人もいると知り、ドナーを見つけるのは不可能に近いだろうと思った。

翌日、僕は下北沢にある美智子さんのアトリエを訪ねた。彼女は個展の準備をしていて、アトリエは足の踏み場もないほどだった。

美智子さんは絵の具がついたジーンズ姿のまま、僕を近くの喫茶店に誘い、午後二時に国立がんセンターへ行くようにと言った。ついさっき小児病棟にベッドを一つ確保できたのだという。お礼を言うと、彼女は「もう一人、子供を作りなさい。兄弟なら高い確率で骨髄の型が一致するらしいわよ」と言った。近くの図書館で、小児の白血病のことを調べたらしかった。

「そのことは僕も考えました。でも、型が一致するとは限らないし、生まれたばかりの子では移植には耐えられないでしょう」

「型が合わなくても、もう一人子供ができるんだからいいじゃない。的を傷《いた》めずに、真ん中を射抜くのよ」

「ああ、あの記事ですか」

「そう。持ってきたわ。記事が出たことも知らせられなくてごめんね」

美智子さんはテーブルの上に新聞の切り抜きを置いた。それは『ばらの騎士』について書かれたコラムだった。何度も書き直し、読み返したから、僕は一字一句を空で言うことができた。

……このオペラは明るく楽しい官能オペラとされているようだが、私はそうは思わない。これは二十世紀でもっとも美しく儚《はかな》いオペラである。歓《よろこ》びの時が過ぎ去るように、哀《かな》しみの時もいつかは終わる。老いが来て、やがて死が訪れる。しかし、鏡と時計を怖れてはいけない。私にはそう言っているように思える。

私はこのオペラに励まされて今日まで生きてきた。生き延びることができた、そう言ってもいい。真ん中を射抜いて的自体は傷めない。ホフマンスタールが言っているように、それこそが最上の技というものだろう。


「少し食べなさい。どうせ何も食べていないんでしょう」

美智子さんに勧められて、僕はサンドイッチを頼んだ。考えてみれば、前の日から何も食べていなかった。小説家の葬儀が済んでからしばらくの間、妹に勧められるまで美智子さんも何も口にしなかったと話した。

「何週間もビールだけで生きていた。おかげでいいダイエットになったわ。そうだ、一緒にビールでも飲もうか」

「まだ十一時ですよ」

「何時だっていいわよ。サンドイッチをおつまみにして一緒に飲もうよ」

僕たちはミックスサンドを食べ、ビールを飲んだ。そして、絶筆になったコラムについて意見を交わした。

話をしているうちに雨が降ってきた。細かい雨だれを見ながら、ぼんやりと夏目漱石のことを思った。漱石の『彼岸過迄《ひがんすぎまで》』に松本という男が出てくる。この男は雨の日にはけして客に会おうとしない。雨の日に客と会っている間に幼い娘を亡《な》くしたからだ。漱石自身も、この小説を書く前に娘を亡くしている。それなのに幼女の死の描写はひどく淡々としていた。

「何を考えているの?」と美智子さんは僕に訊《き》いた。

「夏目漱石のことです」

「それはまたどうして?」

僕は『彼岸過迄』のあらすじを説明し、松本のことを話した。話している間に雨脚が強まってきた。美智子さんはセブンスターに火をつけ、哀しいことね、とつぶやいた。

漱石は子沢山だった。新聞社に入社したのも、半ばは子供たちのためだったと何かで読んだことがある。雨の日に死んだのは何人目の子だったのだろう? 窓を叩《たた》く雨粒を見ながら、そんなことを考えた。考えたって分かるようなことではないけれど、漱石が娘を亡くしたのも雨の降る日だったに違いないと思った。

がんセンターの面会時間は午後三時から七時までだったから、その後、僕たちは日に四時間しか美里に会えなくなった。小児病棟の夜は早く、五時には夕食が出た。元気な子の親は食べさせるのにひと苦労する。それは楽しい時間でもある。子供に本を読んで聞かせたり、身体を拭《ふ》いてやったり、プレイルームで遊ばせたりしているうち、あっという間に七時になる。母親たちは物足りない気持ちで帰り支度を始め、元気な子たちはキャスター付の大きな籠《かご》に入れられる。有り難いことに、うちの子もその中にいた。籠の中の美里は色が白く、ピンクやイエローのパジャマがよく似合っていた。

エレベーターで一階へ下り、人気のなくなった外来受付のあたりで親子はちぎれそうなくらいに手を振り合う。その後、病院の玄関先でちょっとした愁嘆場が演じられる。新しく入院してきた子の母親は、この儀式に耐えられないのだ。慰めの言葉があり、励ましの言葉が交わされ、時にはホームパーティーの日時が確認される。子供たちの病気は色々な人を近づける。狭い喫煙コーナーから、その光景を見ていた女性が母親たちの輪に加わり、一緒になって涙を流す。そんなこともあった。午後七時過ぎの国立がんセンターはひっそりと静まり返り、深い哀しみと慈愛に満ちていた。

最初のうち、妻は毎晩のように泣いていた。病院を出て駐車場のあたりに差しかかると決まってぽろぽろと涙をこぼした。美里の笑顔に見送られ、妻の涙を見ているうちに、やがて僕はこう考えるようになった。この結婚は間違いではなかった。あの時、ジューン・ブライドになることを希望していたこの女と結婚していなければ、美里は存在してもいなかったのだから、この組み合わせ、この結婚しかなかったのだ、と。

そんなことを思ったのは初めてだった。


ドナーが見つからないまま、五歳になるのを待って美里は自己骨髄移植を受けた。次善の措置だったけれど、移植は思った以上にうまくゆき、退院した二ヵ月後には弟の哲人《あきひと》が生まれた。哲人というのは、あの小説家の本名だ。

僕たちは四人家族になり、事務所のスタッフも四人に増えた、この年の春、初めて書いた小説が活字になり、お祝いを兼ねて家族四人で花見をした。まだ余裕と言えるほどのものは得られていなかったし、得られるとも思っていなかったけれど、桜の花を美しいと思えたのは本当に久しぶりだった。

美里はなかなか成長できなかった。四年生になっても一年生並の身長しかなかった。翌年には体重も弟に追いつかれ、すぐに身長も追い越された。身体のことだけでなく、彼女は髪の毛が少ないことをいつも気に病んでいた。

弟の哲人はむしろ大柄で、健康そのものだった。一年生でサッカーを始め、三年生で野球に転向した。彼は近所の公園のスターだった。キャッチボールをすると、まさかと思うくらいに速い球を投げた。足も速く、小学校の運動会では同学年の誰よりも目立っていた。哲人は部屋の中でもグローブをはめ、指先でボールを回転させていた。そして、暇さえあればアレックス・ロドリゲスやイチローの話をした。一緒に大リーグの中継を観《み》ていた時、彼はこんなことを言った。

「みんな、アメリカまでおれを応援に来てくれるかなあ」

不安心理がそうさせるのだろうか、学校を休みがちの子は強制されなくても勉強をする。思い起こせば、がんセンターの子たちもそうだった。ひょっとしたら、学力というのは学ぶことを禁じられることによって向上するのかもしれない。美里を見ていると、そんな気さえした。

美里は小学校の時間割に合わせて家で勉強をし、中学生になると、『ハリー・ポッター』のシリーズを読むようになった。それがお気に入りの教材だった。難しい漢字が出てくると嬉《うれ》しそうな顔をしたし、それをカードに書き写して日に何度も眺めていた。箒《ほうき》、琥珀《こはく》、男爵《だんしゃく》、崇拝者……美里が作ったカードは、いまも彼女が使っていた机の中に入っている。学校にはあまり行けなかったけれど、ずいぶん色々な漢字を知っていた。それでも、家では学べない学科がいくつかあった。例えば美術や体育がそうだった。ある時、美智子さんにそう話すと、彼女は「体調のいい時に連れてきなさい」と言った。それから美里は、二ヵ月か三ヵ月に一度くらいの割で下北沢のアトリエに行き、美智子さんから絵を習うようになった。

それ以来、美里は絵を描くことに夢中になった。「直射日光を避けるように」と医者に言われていたから、晴れた日でも写真を見ながら風景画を描くようになった。彼女の描く太陽は巨大で、空はいつも青く澄み渡っていた。

美里はよく『ハリー・ポッター』の話をした。せがまれて何度も朗読したから僕もおおよその内容は知っていたし、この物語がけっこう気に入っていた。ハリー・ポッターは十一歳で、ホグワーツ魔法魔術学校の一年生だ。まず魔法魔術学校という発想がいい。少なくとも、そのへんの学校よりはずっと楽しそうだ。校長先生も楽しい人で、ハリーには親友もいるのだけれど、優秀な魔法使いだった両親は「闇《やみ》の魔法使い」に殺されてしまったのだ。ハリーの額に残る稲妻形の傷はその時につけられたものだ。両親を殺され、額に傷を持つ魔法使いの少年――物語の概要だけをなぞれば、ちょっと恐ろしい話でもある。朗読をしながら、僕はヘルマン・ヘッセの主人公が通っていた学校のことを思い出した。魔法使いが出てこなくても、学校というのはどこかしら恐ろしいところなのかもしれない。

美里はこのシリーズに夢中だった。毎日毎日、彼女はハリー・ポッターの話をした。そして、魔法を使う少年が出てくる本を書けばいいのに、と僕に言った。美里は僕が小説を書いていることを知っていたし、妻によれば、そのことをかなり自慢に思っているらしかった。それを聞いて嬉しく思ったものの、僕には魔法使いの物語は書けそうになかった。

中二の一学期は比較的体調がよく、学校も十日ほどしか休まなかった。夏休みには家族四人で映画館へ行き、箱根への一泊旅行もした。美里にとって、秋までの半年間はこれまでになく楽しいものだったはずだ。その頃、妻と取り交わしていた交換日記の最後も、決まって「楽しかった」という言葉で結ばれていた。親の願望には際限というものがない。体調がよくなると、もう少し成長してほしい、せめてあと五センチは背が伸びてほしいなどと思うようになった。

二学期に入ってしばらくすると、美里の様子が少し変わった。体調は悪くなさそうだったけれど、何となく塞《ふさ》ぎ込むようになったのだ。妻は特に思い当たるようなことはないと言っていたし、美里も「何でもない」と話していた。それでいて部屋に引きこもり、時には机に突っ伏して泣いていることもあった。思春期にはありがちなことなのかもしれない。でも、僕には美里が思春期に達しているとは思えなかった。

十月五日、美里は中学のスピーチコンテストに出て、特別賞というのをもらった。担任の小田先生やクラスのみんなから「おめでとう」と言われて、とても嬉しかった——几帳面《きちょうめん》な文字で交換日記にそう書いた後、彼女はこう続けていた。

私はなんてちっぽけなんだろう。

秋口から美里は酸素ボンベを使うようになった。薬の副作用から肺が固くなり、自力ではうまく呼吸することができなくなったのだ。部屋には大ぶりの酸素吸入器が持ち込まれ、外出する時にはいつも携帯用のボンベを持って出るようになった。

木々が紅葉し、日射《ひざ》しが弱まると、僕はたまに美里を散歩に連れ出した。秋が深まる、というのは適切な表現だ。春も夏も深まったりはしない。四季の中で深みを持つのは秋だけだ。何度目かの散歩の時、焦《こ》げ茶色《ちゃいろ》の葉がコンクリートの上でかさかさと音を立てるのを聞いて、秋が深まったのを実感した。冬の訪れが近いことを知らせるその音は、少しばかり僕を不安にした。美里は冬になると決まって体調を崩したし、病気になったのも移植を受けたのも冬だったからだ。この冬を無事に乗り切れるだろうか？　娘の背中をさすりながら、そんな心配をした。

美里は十一月の終わりから咳《せ》き込むようになった。十二月の初めに近くの大学病院へ連れて行き、結局、そこへ入院することになった。僕はあちこちの医者に手紙を書き送り、肺移植の可能性を探ってみた。何人かの医師と連絡を取り合い、専門医たちの会合にも顔を出した。妻は肺移植に反対していた。そのことで何度となく口論したものだけれど、ある外科医の話を聞いて妻の意見に従うことにした。

十二月の半ば、僕はある著名な外科医にインタビューを申し込んだ。その必要もないのに「打ち合わせ」だと言って研究室へ押しかけ、質問事項を列記した紙を渡した。この時、「知人の子のケース」として美里のカルテを見せ、細かく症状を伝えた。外科医は一分近くもカルテを眺め、それから考え深そうな目で僕を見た。

「僕がこの子の父親だったら」彼は椅子《いす》の背にもたれて天井を見上げた。言葉を探しているように見えた。

「どうされますか」と僕は訊《たず》ねた。

「そうだな、花模様の一番きれいなドレスを着せて公園に連れて行くよ。そこで写真をいっぱい撮る。でも、花模様のドレスなんて、いまどき流行《はや》らないか」


美里は大学病院で年を越した。大晦日《おおみそか》にも外泊が許されなかったのに、一月の下旬に一泊の外泊許可が下りた。あの外科医の言う通りなら外泊が許される状態ではないはずだったから、僕はこれが家族で過ごす最後になるのかもしれないと思った。口にこそ出さなかったけれど、妻もそう思っていたらしい。

「ディズニーランドにでも行こうか」一時退院の前に妻は美里にそう語りかけた。すぐ横で哲人が頷《うなず》いていたけれど、美里は黙って首を横に振った。

「じゃあ、どこに行く？　遠くなければ、どこだっていいのよ」

「どこにも行かなくていい」と美里は言った。

「おうちにいる？　だったら、美智子先生も呼んで、みんなでご飯を食べようか」

「それがいい」

「姉ちゃん、そんなこと言わないで、ディズニーランドへ行こうよ」と哲人が言った。

美里は久しぶりに笑顔を見せ、「あんたが一人で連れて行ってもらえばいいじゃない」と言った。哲人はむくれて病室を出て行き、妻はいまにも泣き出しそうな顔で彼の後を追った。

僕は椅子に腰かけて『ハリー・ポッター』の続きを音読した。もう何巻目になるのかも分からなかったけれど、遂《つい》にハリーが「闇の魔法使い」であるヴォルデモートと対決する場面だった。

陽に当たると皮膚がんになりやすい――医者にそう言われていたから、美里は晴れた日には部屋の中にいた。秋や冬でも日射しの強い日は外へ出ることを控えさせていた。いま思い返しても、乳児の頃は別として、太陽の下で美里と遊んだ記憶はほとんどない。そんなことはもうどうでもいいと思っていたのに、外泊許可が出た一月二十六日も朝から曇り空だった。

僕は六時に起きて8ミリビデオを回し、デジタルカメラで美里の写真を撮った。そして、どれをパソコンに残そうかと家族で言い合った。この日は本当にたくさんの写真を撮った。

「ねえ、美里、美智子先生が来るまでハリーの続きを読もうか？」

朝食の後、妻がそう言った。美里は首を振り、「みんなの写真が見たい」と言った。頷いたものの、妻は勘違いをしていた。「みんな」というのは家族のことではなく、年明けから順番にお見舞いに来てくれていた同級生たちのことだった。学生服やセーラー服を着た彼らはびっくりするほど大きく、そして優しい子たちだった。

十時前に美智子さんが電話をかけてきた。彼女は中学校にいるらしかった。学校に頼んでお昼まで教室を貸してもらうことになっているのだという。電話を代わるように言われ、僕は美里に受話器を渡した。

「それじゃあ、すぐに行きます。そうです、二年一組です」

美里は嬉しそうに言って電話を切り、美智子先生を迎えに行きましょう、と言った。


僕たちは、デジカメと携帯用の酸素ボンベ二本を持って中学校へ行った。

日曜日の午前中で、校庭には誰もいなかった。美里を抱いて校舎を囲む遊歩道を歩いていると、美智子さんが窓から手を振っているのが見えた。僕は携帯電話で美智子さんを呼び出し、自分の携帯を美里に手渡した。哲人はグローブをはめ、野球のボールをバウンドさせていた。妻に注意されると、彼はむくれて校庭の方へ走っていった。

「早く行きましょう」電話を切ると美里はくすくすと笑った。「美智子先生、もうすぐ授業を始めるんですって」

二年生の教室は三階にあった。一組の廊下には、病院の入り口前に並ぶクラスメイトの写真が貼《は》られていた。写真に写っている子たちを指差し、美里は仲のいい友だちの名前を教えてくれた。

美智子さんは三階の窓から身を乗り出し、校庭にいる哲人に向かって何か叫んでいた。哲人はこちらを見ようともせず、体育館の壁にボールを投げ、ダッシュをしてまたそのボールを投げるということを繰り返していた。

「美里さん、あなたが来たら陽が射してきたわよ」

美智子さんが言うように、急に外が明るくなり、窓際《まどぎわ》に置かれた机が光って見えた。美里は少し照れた様子で頷き、窓の外に目をやった。この中学校は高台にあり、うっすらとながら遠くに冠雪した富士山が見えた。

「それじゃあ、これから美術の授業を始めます」

美智子さんは教壇に立ち、美里が描いた絵をマグネットで黒板に留めた。病室の窓から見たビル群と夕陽を描いたクレヨン画だった。腕組みをしながら、美智子さんはいくつか注意をした。写真と一緒で絵も構図というものが重要であり、こんなに空を大きく描いては全体のバランスが崩れてしまう。描きたいのは分かるけれど、とりあえず太陽と空は最小限に。でも、絵は心の目で描くのだから、心の目が澄んでいれば構図の問題はどうでもよくなるのよ。

美里は生真面目《きまじめ》な表情で話の一つひとつに相槌《あいづち》を打った。

「色使いがとてもいいわ。空がとても青々としている。今日も午後からは晴れるそうよ。でも、その前に私の心の目がどれだけ澄んでいるのかを見せてあげる」

美智子さんは黒板に大きな画用紙を貼り、クレヨンを使って同じ風景を描いてみせた。縦横の線を多用した絵で、美里が描いたよりも太陽も空もずっと大きかった。それを見て、美里は「すごい」とつぶやいた。これほど見事なクレヨン画を見たのは僕も初めてだった。

「美術の授業はこれでおしまい。質問は？」

最前列の席に座っていた美里は、携帯用の酸素ボンベを外し、「ありがとうございました」と言った。美智子さんは頷き、美里の横に座っていた妻は教室を出て行った。

「おとうさん、美里さんの横に座って」

言われるままに美里の隣に腰かけると、美智子さんはスケッチブックを広げ、僕たちの方を見ながら鉛筆を動かした。

「二人とも少し背筋を伸ばして。二、三分で済むからじっとしていてね」
二、三分と言いながら、美智子さんはずいぶん長い間、鉛筆を走らせていた。描かれている間、僕は他のことを考えるようにした。別のことを考えようとすればするほど泣きたくなり、結局、僕も途中で教室を出た。
僕は妻の姿を探して廊下の端まで歩いた。彼女の姿はなく携帯も留守電になっていた。日曜日の学校はがらんとしていて埃《ほこり》っぽかった。それが学校の匂《にお》いなのだと思った。僕は校舎の中を歩き回り、理科室や音楽室に立ち寄った。体育館の方へ行くと壁にボールが当たる音が聞こえてきた。その音を聞きながら、死んだ小説家のことを思い出した。そして、美里にとっての『ばらの騎士』は何だったのだろうかと考えた。

一ヵ月半後、美里は自力では呼吸が出来なくなり、ＩＣＵに入った。そこで人工呼吸器をつけられ、三日後に脳死と判定された。

「お気の毒ですが、もう元の状態には戻りません。通常は二日ほどで心停止に至ります。長引かせることもできますが、一週間が限度でしょう」

新しい担当医はそう言った。この男と話をしたのは二度目だった。最初に会った時に聞いた名前も思い出せなかったし、覚えようという気にもなれなかった。

その日、僕たちはベッドに横たえられた美里と心電図のモニターを眺めて過ごした。心電図は日付けが変ってもわずかながら動いていた。途中で哲人が寝てしまい、僕も明け方に少しうとうととしかけた。午前八時を回った頃、妻に肩を揺すぶられて美里の心臓が停止したことを知った。

古人の言いつけに逆らって、僕はいま死んだ子の年を数える。生きていれば、美里は高校に進んでいたはずだ。とはいえ、高校生になった彼女を想像することは難しい。美里はある時点でほとんど成長が止まり、八歳か、せいぜい九歳くらいにしか見えなかった。抗がん剤の副作用で髪の毛は半分以上抜け落ち、二の腕は親指と中指で作った丸の中に収まるくらいに細かった。

美里は十四歳で死んだ。正確に言えば十四歳と三ヵ月。何でも出来そうでいて、実際には何一つできはしない。十四歳というのはそんな年だ。この年齢について、ポール・オースターはこう書いている。

「私自身、自分が大リーグの選手になるチャンスがあると思うくらいまだ幼く、神の存在を疑うくらい大人だった」

気のきいた文章だし、自分の経験に照らしてもそんな年だったような気がする。でも美里は、ポール・オースターとはまるで違う十四歳の日々を生きていた。彼女は神の存在を信じるくらいにまだ幼く、「きっとよくなるよ」という言葉を疑うくらいには、多分、大人だった。

遺体は丸二日、自宅に安置した。その間、セーラー服を着た女の子たちが何人も弔問に訪れた。僕は彼女たちが大きいことにあらためて驚かされた。男の子の弔問は少なかったけれど、中に一人、お小遣いだという千円札を封筒に入れて持ってきてくれた子がいた。彼は困惑したような表情を浮かべ、ずいぶん長い間、美里の前で膝《ひざ》を折っていた。

地方に住むいとこたちもやって来た。中には美里が死んだことを理解できないような小さな子もいた。そんな子でも遺体を前にすると急に厳粛な表情になるのが不思議だった。

その間、哲人は友人の家を転々とし、いとこたちを公園に誘ってキャッチボールの相手をさせていた。哲人よりも年長の子もいたけれど、誰も彼のボールを取ることができなかった。何個もボールを失《な》くし、頭に大きな瘤《こぶ》をこしらえた子もいた。子供たちに誘われて、僕も一度だけキャッチボールに付き合った。といっても、相手にすることになったのは、結局、哲人だった。

早めに切り上げようと思い、僕は十球ばかり投げたところで彼が取れない高さに投げた。勢いのついたボールは公園の柵《さく》を超え、そのまま坂の下へ転がっていった。

「さっさと拾って来い。野球はもう終わりだ」

哲人は地面にグローブを叩《たた》きつけ、僕に背中を向けて坂を駆け下りていった。それを汐《しお》にいとこたちは部屋へ引き返した。

僕はグローブを拾い、煙草《たばこ》を吸いながら哲人を待った。十分くらいしても戻ってこなかったので、仕方なく彼を捜しに坂を下りた。公園下の路地に、哲人の姿はなかった。角のクリーニング店主に訊ねると、ボールを持ってバス通りの方へ行くのを見たという。

バス通りは用水路沿いの道を百メートルばかり行った先にある。曲がりくねった小道を抜け出たところで、バス停のベンチに腰かけている哲人の姿が見えた。彼はこちらに背を向けてボールをバウンドさせていた。呼びかけても返事もせず、ひどく腹を立てているように見えた。僕も僕で彼に腹を立てていた。病院通いが続いて、辛《つら》い思いをしたのは分かる。しかし、自分の姉が死んだというのに友だちの家へ行ったり、キャッチボールをしたりしようとする料簡《りょうけん》が気に入らなかった。もう一度呼びかけると、彼は車道にボールを叩きつけた。ボールは民家の塀に当たって跳ね返り、僕の足下に転がってきた。ボールを拾い上げた時、僕は哲人が背中を震わせていることに気がついた。

「哲人、もう帰ろう」

そう声をかけると、彼は膝の上に両手を置き、肩を震わせて泣いた。

死んでゆく子供は、死んでゆく大人よりもずっと大切だったから——休みの日に哲人とキャッチボールをするたびに僕はこの言葉を思い出す。

相変わらず、哲人には腹が立つことが多いけれど、それでも彼が取れないようなボールを投げようとはもう思わない。キャッチボールは三十球で切り上げ、あとはずっと部屋にこもって小説を書く。行き詰まった時はバス通りまで歩き、意味もなくあのベンチに腰かけてまた部屋へ引き返す。不思議なことに、その時にはどうにか書けそうだという気になっている。生きていくことの困難さや、死んでゆくことの悲惨さに比べれば文章を書き続けることはさほど難しくはない。いまはそんな気がしている。

解説

児玉清

かなしぃ。

生きることには切なさが伴うものだが、大事にしたいこと、大切にしたいことがいっぱいある喜びもまた凄《すご》い。

本書を読み終えたばかりの読者、あなたの胸には、今、どんな想《おも》いがあるのだろう。温かく懐《なつか》しい想い出が、物語に触発されて脳裏にフラッシュする。そして作者から贈られた、一瞬、一瞬を死者のためにも厳しく強く生きるという、トーンは控えめだが熱いメッセージにじっと心を委《ゆだ》ねているのだろうか。

蓮見《はすみ》圭一を僕がはじめて知ったのは、小説家デビュー作の『水曜の朝、午前三時』(新潮文庫)であった。どのように説明してもどこか言葉から零《こぼ》れてしまうような清涼感が漂い、意味深でもあるタイトルの新鮮さ(?)に惹《ひ》かれて手にした一冊。頁《ページ》を開き、フムフムと最初は遠くから眺める感じで読み出したのだが、胸中は次第に切迫したものになり、ついには時を忘れるといったほど夢中になった。

一九九二年、四十五歳で脳腫瘍《のうしゆよう》の告知を受けて亡《な》くなった、A級戦犯の祖父を持つ女性、四条直美。翻訳家であり詩人でもあった彼女が遺《のこ》す四巻のテープを起したという設定の長編小説は、激しく僕の心を鷲摑《わしづか》みにした。日本という国が本格的に国際社会へ船出する、その堂々とした姿を象徴するかのごとき華やかな大阪万博を背景にした愛の物語が、未来がキラキラと光っていた時代の記憶とともに、僕の心を滅茶滅茶《めちゃめちゃ》に震わせた。恋愛に結末がついたときの衝撃は凄《すさま》じいものがあった。たまたまそのくだりを大阪へ移動する飛行機の中で読んでいた僕は、突如どっと心の底からこみ上げてきた感情の嵐《あらし》にこらえきれず、不覚にも大きく嗚咽《おえつ》してしまったのだ。目一杯に溢《あふ》れた涙に僕はうろたえた。隣席を含め周囲の乗客に奇異な目で見られたことはいうまでもない。

技巧に走らず、人物の感情を決して余分には書かないと決意したかのように抑制に徹した文章。あまりに簡潔な筆致には、もしかすると物足らなさを感じる向きもあるかもしれない。だが、言い過ぎ、語り過ぎなく、淡々と心に沈降していった核心で、物語は巨大な爆発を誘発する。抑制が強ければ強いほど、その抑制が破れたときに読者は心のバランスを失い、感情の嵐に巻き込まれてしまう。そして清々《すがすが》しい感動と哀切の情に包まれる中で、来し方を振り返り未来に思いを馳《は》せることとなる。この作家の一つの大きな特徴はここにあった。

本書は『水曜の朝、午前三時』とその後に出版された『ラジオ・エチオピア』（文春文庫）、『悪魔を憐《あわ》れむ歌』（幻冬舎）に続く、四冊目の注目作。二〇〇四年の七月に『そらいろのクレヨン』のタイトルで講談社から出版された単行本に、新たに「スクリーンセーバー」の一編を書下ろして、六編からなる短編集として改題・文庫化したものだ。人生の微妙な機微に視線を注ぎ、物語を紡《つむ》ぎ出す蓮見マジックは健在である。生と死、過去につながる現在、そして古き出会いと別れと新たなる出会いがもたらす悲喜こもごもを鋭く穿《うが》った六つの短編は、生きていくことの凜《りん》とした美しさと哀切さがしんと心に沁《し》みる秀作揃《ぞろ》いだ。

冒頭の一編は文庫本のタイトルとなった「かなしぃ。」。最後の「ぃ」が小さく印字されているのが、普段われわれが日常的に遣う言葉の「かなしい」とは違うニュアンスだぞ、ということを示していて面白い。この仕掛けは物語の最後になって俄《にわか》に輝きを増し、読者をぎゅっと摑み心をキュンとしめつけるのだが、そのあたりはまさに作者の極《き》め技《わざ》と言えるだろう。「一通の招待状が四年ぶりに僕を生まれ育った街へ連れ戻す――村上春樹にも似たような書き出しで始まる短編があるけれど、内容はまるで違うので、まあ、大目に見てやってください」という書出しもふるっている。文筆で身を立てているもうすぐ三十歳の「僕」が、中学時代の友の結婚式に出席するため生れ育った街で過ごした数日の物語は、同級生との交歓、両親、特にかつては心が通い合うどころかコミュニケーションすらほとんどなかった父親との初めてといえる男同士の付き合い、そして中学卒業以来、星霜《せいそう》を重ねて再会した女性がもたらす心のときめきを描いている。妻子もある彼の心に去来するものは……。

主人公の回想と現在の街の風景がいつしか入れ替わる場面転換は自然で心地良く、リズミカルな会話の背景には、爽《さわ》やかな音楽と詩と歌が響いている。誰もが等しく抱いている少年の日々へのノスタルジックな思いを強烈にひきだすばかりか、パピエコラージュのように次第に浮き彫りにされてくる過去が、眩《まぶ》しく現在を照らしていることに気づかされる。子どもから大人へと変貌《へんぼう》する激しい成長期の心の機微を見事に掬《すく》った物語を読み終えたとき、きっとあなたは幼くも多感の時であった中学時代を振り返り、現在の自分のことを考え心の中でつぶやくだろう。今日があるのは誰もが奇蹟《きせき》だ、と。

第二編「詩人の恋」は僕の大好きな短編。誰も解き明かすことのできない人間の不可思議さが、静かに品格を持って立ち上ってくる。一人の人間の生活の断片を鮮やかに切り取ったこの物語は、フリッツ・ヴンダーリヒが歌う「詩人の恋」を聴きながら読むことをおすすめする。知的な心のゆらぎ、ソフィスティケイトされた会話に秘められたときめき、縦横無尽にひろがる夢想、幻想といったものが優雅にそして時には激しく飛び交う中で、一際《ひときわ》、心が浮き立つこと間違いない瀟洒《しょうしゃ》な一編だ。

第三編は今回、新しく加わった「スクリーンセーバー」。作業を中断してしばらく経《た》つと、コンピュータの画面に次々と現われる箴言《しんげん》めいた文章の数々。「備忘録として使い始めたが、文章が増えるにつれて備忘録でも何でもなくなり、何かで読んだり、どこかで聞きかじったりした言葉がランダムに出てくるようになった。何の脈絡もない上に意味不明の文章も多い」——。そうして始まる物語は、主人公が四年前に地元の小学校の慰労会で知り合った相沢という男との交流から、思いがけない少年の死との遭遇で終るのだが、「あなたが無駄に生きた今日は、昨日死んだ人が痛切に生きたかった明日である」という文中の言葉が鋭い刃物のように僕の胸を切り裂いた一編だ。人の命のはかなさをズシリと心に響かせて、美しくも切ない。

知的遊戯と人生の悲哀が幽幻的に交錯するかに見えるこの作品には、一見ペダンチックでありながらも、その実どこまでもシンプルで勁《つよ》い物語を希求し続けるという、小説家・蓮見圭一のある種のはにかみとストイックな信念を垣間見《かいまみ》る思いがする。作者の博覧強記と迸《ほとばし》るかのごとき大量知識に翻弄《ほんろう》されて、どうも小説の埒外《らちがい》に放《ほう》り出されてしまったような疎外感《そがいかん》を味わった恨みがあるみなさん、このはにかみ屋の作者の胸の奥に何が隠されているのかを、じっくりと考えてみるのも一興です。やや意地の悪いことかもしれませんが。

とまぁ、逐次三編にふれてきたが、続く第四編の「セイロンの三人の王子」と第五編の「1989、東京」は、敢《あ》えて解説を省くこととする。前三編の流れに従って物語を心ゆくまでたっぷりと楽しんでいただきたいからで、作者の小説に対する距離の置き方、スタンスの取り方の見事さを改めて知ってもらえれば嬉《うれ》しい限りだ。

さて、どんじりに控えし六編目は、単行本として発刊されたときの本のタイトルにもなった「そらいろのクレヨン」である。この作品では、ミラン・クンデラの小説『緩やかさ』が重要なモチーフになっている。冒頭近くに『緩やかさ』の「死んでゆく子供は、死んでゆく大人よりもずっと大切だったから」という一節が置かれ、作者は続けて、主人公に次のようにつぶやかせる。「公園で子供とキャッチボールをするたびに僕はこの言葉を思い出す。そして、哀《かな》しくなるのと同時に腹立たしくなる。世の中は公平ではない。そんなことは分かりきっている。でも、いくら何でもこれはないじゃないか」。

会社勤めをしていた男が、会社を辞め小説家として生計を立てようとした矢先に女性から妊娠を告げられた。愛情も儀式も後回し、大急ぎの結婚からスタートした主人公の生活は、やがて夫として、二児の父親として暮らす日常へと落ちついて行く。小説家を目指す人生は、もちろん彼に多くを与えた。だが、それ以上に「生きる」とはどういうことなのかを示してくれたのは、病を得て十四歳でこの世を去った長女だった。主人公はその彼女の命の火が消えたことに、それはどうにもならないことだったと知りながら、割り切れない思いを消せずにいる……。

僕の心は凄じい悲鳴をあげ、涙がほとばしり出た。肉親の愛情、去りゆく者の心情、残された者の心情、それらが僕の心のバランスを激しく崩し、突き抜け、狂おしいまでの哀しさで揺さぶってくる。「生きていくことの困難さや、死んでゆくことの悲惨さに比べれば文章を書き続けることはさほど難しくはない。いまはそんな気がしている」という作品の結びの言葉は、なんと人生に対する示唆《しさ》に富んでいることか。

一瞬一瞬を大切に生きよ――。本書を読みながら、常に聴こえていた気がするそんな言葉が、僕の心の中で改めて深く谺《こだま》した。

（平成二十年一月、俳優・作家）

この作品は平成十六年七月、講談社より『そらいろのクレヨン』
として刊行された。文庫化に際して改題し、新たに書下ろし作品
「スクリーンセーバー」を収録した。

かなしい。

新潮文庫　は－39－2

平成二十年三月一日発行

著者　蓮《はす》見《み》圭《けい》一《いち》

発行者　佐藤隆信

発行所　株式会社新潮社

郵便番号　一六二－八七一一
東京都新宿区矢来町七一
電話　編集部(〇三)三二六六－五四四〇
　　　読者係(〇三)三二六六－五一一一
http://www.shinchosha.co.jp

価格はカバーに表示してあります。

乱丁・落丁本は、ご面倒ですが小社読者係宛ご送付ください。送料小社負担にてお取替えいたします。

印刷・三晃印刷株式会社　製本・株式会社大進堂

ISBN978-4-10-125142-4 C0193